Histoire de rire

Traduit du russe par Anne Coldefy-Faucard

Librio

© E.J.L., 2004, pour la traduction.

Histoire de rire

Midi, par une belle journée d'hiver... Il gèle à pierre fendre et les bouclettes de Nadienka[1], qui marche pendue à mon bras, se couvrent de givre argenté sur ses tempes, tandis qu'un fin duvet ourle sa lèvre supérieure. Nous sommes sur une haute colline. Depuis nos pieds jusqu'en bas, elle descend en pente douce où le soleil se reflète comme dans un miroir.

— Faisons un tour, Nadiejda Petrovna ! dis-je, implorant. Une seule petite fois ! Je vous assure que nous en sortirons sains et saufs.

Mais Nadienka a peur. Tout l'espace qui s'étend entre ses petits caoutchoucs et le pied de la colline de glace lui semble un ravin terrifiant, d'une profondeur incommensurable. Elle défaille, elle a le souffle coupé dès qu'elle regarde en bas ou que je lui propose simplement de monter sur la luge. Qu'en sera-t-il si elle se risque à s'envoler vers l'abîme ? Elle mourra, elle perdra la raison.

— Je vous en supplie ! dis-je. Il ne faut pas avoir peur ! Comprenez donc que c'est de la pusillanimité, de la poltronnerie !

---

1. Un des diminutifs du prénom Nadiejda.

Nadienka finit par céder et je vois à son visage que, ce faisant, elle craint pour sa vie. Je l'installe, blême et tremblante, sur la luge, l'enlace d'un bras et me précipite avec elle dans l'abîme.

La luge vole à la vitesse d'une balle de revolver. Nous fendons l'air qui nous frappe au visage, hurle, nous siffle aux oreilles, nous lacère, nous pince douloureusement, hargneux, et veut nous arracher la tête. La force du vent est telle qu'on en a le souffle coupé. On dirait que le diable en personne nous tient entre ses griffes et, dans un hurlement, nous emporte en enfer. Tout, alentour, se fond en une longue bande qui se déroule à toute allure... Un instant encore, semble-t-il, et c'en sera fini de nous !

— Je vous aime, Nadia[1] ! dis-je à mi-voix.

La luge, à présent, ralentit sa course, le hurlement du vent, le crissement des patins de traîneau ne sont plus aussi forts, on commence à respirer mieux, et nous voici enfin en bas. Nadienka est plus morte que vive. Elle est pâle, et a le souffle court... Je l'aide à se relever.

— Pour rien au monde, je ne le referais, dit-elle, fixant sur moi de grands yeux pleins de terreur. Pour rien au monde ! J'ai failli mourir !

Peu après, elle reprend ses esprits et me scrute, l'air interrogateur : est-ce bien moi qui ai prononcé ces quatre mots ou a-t-elle cru les entendre dans le bruit du tourbillon ? Pour ma part, debout à ses côtés, je fume tranquillement et détaille mon gant avec la plus grande attention.

Elle me prend le bras et nous entamons une longue promenade aux abords de la colline. Le mystère, manifestement, ne la laisse pas en repos. Ces mots ont-ils, oui ou non, été prononcés ? Oui ou non ? Oui ou non ?

---
1. Autre diminutif de Nadiejda.

C'est une question d'amour-propre, d'honneur, de vie, de bonheur, une question très importante, la plus importante au monde. Nadienka me regarde droit dans les yeux, l'air impatienté, triste, inquisiteur, elle répond à côté quand je lui parle, se demande si je vais ouvrir la bouche. Oh, tout ce qui se joue sur son joli minois, tout ce qui se joue ! Je vois bien qu'elle lutte contre elle-même, elle va dire quelque chose, poser une question, mais elle ne trouve pas les mots, elle est embarrassée, elle a peur, la joie l'en empêche...

— Vous savez quoi ? dit-elle sans me regarder.
— Non ?
— Si on refaisait... une descente.

Nous reprenons l'escalier jusqu'au sommet de la colline. De nouveau j'installe Nadienka, pâle et tremblante, sur la luge, de nouveau nous volons vers le terrifiant abîme, de nouveau le vent hurle et crissent les patins de traîneau, de nouveau, à l'instant le plus tumultueux et le plus bruyant de la course, je dis à mi-voix :

— Je vous aime, Nadienka !

Quand la luge s'arrête, Nadienka embrasse du regard la colline que nous venons de dévaler, puis elle scrute longuement mon visage, écoute attentivement ma voix indifférente et neutre, et toute, toute sa silhouette menue – même son manchon, son capuchon – semble exprimer un embarras extrême. On lit sur son visage :

« Que se passe-t-il ? Qui a prononcé *ces* mots ? Est-ce lui ou ai-je seulement cru les entendre ? »

Cette incertitude l'inquiète, met sa patience à rude épreuve. La pauvre enfant ne répond pas à mes questions, elle se renfrogne, elle va fondre en larmes.

— Ne devrions-nous pas rentrer ? lui dis-je.
— C'est que je... j'aime ces descentes en luge, répond-elle, rougissante. Ne pourrions-nous recommencer encore une fois ?

Elle « aime » ces descentes en luge. Cependant, en y remontant, elle est aussi pâle que les fois précédentes, elle tremble, suffoque presque de peur.

Nous repartons pour la troisième fois et je vois avec quelle intensité elle scrute mon visage et suit le mouvement de mes lèvres. Mais j'applique un mouchoir sur ma bouche, je tousse et, quand nous sommes à mi-parcours, j'ai malgré tout le temps de dire :

— Je vous aime, Nadia !

Le mystère reste entier ! Nadienka est muette, plongée dans ses pensées... Je la raccompagne chez elle, elle s'efforce de marcher lentement, ralentit le pas, attendant toujours que je lui dise les fameux mots. Je vois combien son cœur souffre, quel effort elle fait sur elle-même pour ne pas s'écrier :

« Il n'est pas possible que ce soit le vent ! D'ailleurs, je ne veux pas que ce soit lui ! »

Le lendemain matin, je reçois un billet : « Si vous allez faire de la luge aujourd'hui, passez me prendre. N. » À compter de ce jour, nous nous rendons quotidiennement, Nadia et moi, sur la colline et, tandis que nous volons vers l'abîme, je ne manque pas de répéter à mi-voix :

— Je vous aime, Nadia !

Nadienka est bientôt accoutumée à cette phrase, comme elle pourrait l'être au vin ou à la morphine. Elle ne peut plus s'en passer. Certes, elle a toujours aussi peur de dévaler la colline, mais à présent la crainte et le danger confèrent un charme particulier à ces mots d'amour qui demeurent un mystère et font languir son cœur. Pour elle, il y a toujours deux suspects : le vent et moi... Lequel des deux lui déclare-t-il sa flamme ? Elle l'ignore, cependant il semble désormais que cela l'indiffère : qu'importe le flacon, pourvu qu'elle ait l'ivresse !

Un jour, à midi, je me rends seul à la colline ; me mêlant à la foule, j'aperçois Nadienka qui s'approche, me cherchant des yeux... Puis elle grimpe timidement l'escalier... Elle a peur de descendre seule, oh, qu'elle a peur ! Elle est blanche comme neige, elle tremble, on croirait qu'elle marche au supplice, mais elle y va sans un regard en arrière, résolue. Visiblement, elle a décidé d'essayer : entendra-t-elle ces stupéfiantes et douces paroles, si je ne suis pas là ? Je la vois, blême, bouche bée de terreur, s'installer sur la luge, elle ferme les yeux et, disant définitivement adieu à la terre, elle s'élance... « Z-z-z-z... » Les patins crissent. Les entend-elle, ces mots ? Je l'ignore... Je la vois seulement descendre de la luge, épuisée, chancelante. Et il est clair, à son visage, qu'elle-même ne saurait dire si elle a ou non entendu quelque chose. Sa peur, tandis qu'elle dévalait la pente, l'a privée de toute faculté d'entendre, de percevoir des sons, de comprendre...

Mais voici le mois de mars printanier... Le soleil se fait plus caressant. Notre colline de glace s'assombrit, elle perd son éclat et finit par fondre. Nous cessons nos parties de luge. La pauvre Nadienka n'a plus d'endroit où entendre les fameuses paroles, de même qu'il n'est plus personne pour les lui murmurer : le vent s'est tu, quant à moi, je m'apprête à gagner Saint-Pétersbourg pour longtemps, peut-être pour toujours.

À quelques jours, deux ou trois, de mon départ, au crépuscule, je suis assis dans mon jardin, lequel n'est séparé de la cour de Nadienka, que par une haute palissade hérissée de pointes... Il fait encore assez froid, la neige demeure sous le fumier, les arbres n'ont pas encore repris vie, pourtant cela sent le printemps, et les freux s'installent à grand bruit pour la nuit. Je m'approche de la palissade et observe longuement par une fente. Je vois Nadienka sortir sur le petit perron et lever un regard triste, languissant, vers le ciel... Le vent printanier fouette son visage pâle et mélancolique... Il lui rappelle celui qui nous hurlait aux oreilles sur la colline,

lorsqu'elle entendait les quatre mots magiques. Et son visage se fait triste, si triste, une larme roule sur sa joue... La pauvre enfant tend les deux bras, comme pour implorer le vent de lui rapporter les paroles une fois encore. Alors, au premier souffle, je dis à mi-voix :
— Je vous aime, Nadia !
Mon Dieu, il faut la voir ! Elle pousse un cri, son visage s'épanouit en un sourire, elle tend les bras au vent, joyeuse, heureuse, si belle !
Quant à moi, je vais faire mes malles...
C'était il y a bien longtemps. Aujourd'hui, Nadienka est mariée – on l'a mariée ou elle l'a voulu elle-même, peu importe – au secrétaire de la chambre de tutelle de la noblesse, et elle a trois enfants. Pourtant, elle n'a pas oublié nos parties de luge d'autrefois, elle n'a pas oublié le vent qui portait jusqu'à ses oreilles les fameux mots : « Je vous aime, Nadienka. » Pour elle, c'est désormais le plus heureux, le plus touchant, le plus beau souvenir de sa vie...
Pour ma part, ayant pris de l'âge, je ne parviens plus à comprendre pourquoi je prononçais ces mots, pourquoi je plaisantais ainsi...

Le roman d'une contrebasse

Le musicien Smytchkov[1] avait quitté la ville afin de gagner la datcha du prince Biboulov où devait avoir lieu, pour des accordailles, une soirée musicale et dansante. Il portait sur son dos une énorme contrebasse dans son étui de cuir. Smytchkov longeait une rivière qui roulait ses eaux fraîches, sinon majestueusement, du moins fort poétiquement.

« Et si je me baignais ? » se dit-il.

Sans plus tergiverser, il se dévêtit et plongea son corps dans l'eau froide. La soirée était magnifique. L'âme lyrique de Smytchkov se mit à l'unisson de l'harmonie environnante. Mais de quelles délices ne fut-elle pas saisie, lorsque le musicien, s'étant éloigné d'une centaine de brasses au fil de l'eau, aperçut une belle jeune fille pêchant sur la rive escarpée. Il retint son souffle, défaillit sous l'afflux de sentiments divers : souvenirs d'enfance, nostalgie du passé, amour naissant... Mon Dieu ! Lui qui pensait n'être plus capable d'aimer ! Depuis qu'il avait perdu foi en l'humanité (sa femme, qu'il aimait ardemment, s'était enfuie avec son ami, le basson Sobakine[2]), son cœur était la proie d'une sensation de vide et il était devenu misanthrope.

---
1. Nom formé sur *smytchok*, l'archet.
2. Nom formé sur *sobaka*, le chien.

« Qu'est-ce que la vie ? s'était-il maintes fois demandé. Pourquoi vivons-nous ? La vie est un mythe, un rêve... Délire de ventriloque... »

Mais, devant cette belle endormie (il était aisé de s'apercevoir qu'elle dormait), il éprouva malgré lui dans son cœur quelque chose qui ressemblait à de l'amour. Il demeura longtemps immobile, à la dévorer des yeux...

« Suffit... se dit-il, en poussant un profond soupir. Adieu, vision merveilleuse ! Je dois aller au bal de Sa Grâce... »

Jetant un ultime coup d'œil à la belle, il voulut rebrousser chemin, lorsqu'une idée lui traversa l'esprit.

« Il faut que je lui laisse un souvenir ! songea-t-il. Je vais accrocher quelque chose à sa ligne. Ce sera la surprise d'un *inconnu*. »

Smytchkov nagea sans bruit jusqu'à la rive, cueillit un gros bouquet de fleurs des champs et de rivière, et, le liant à l'aide d'une tige d'arroche, l'accrocha à la ligne.

Le bouquet partit par le fond, entraînant le joli bouchon.

La sagesse, les lois de la nature et la condition sociale de mon héros eussent voulu que mon roman s'en tînt là, mais – hélas ! – la destinée de l'écrivain est sans pitié : pour des raisons indépendantes de la volonté de l'auteur, le roman ne s'arrêta pas au bouquet. Contre tout bon sens, contre l'ordre naturel des choses, mon malheureux et roturier contrebassiste était appelé à jouer un rôle non négligeable dans la vie de la riche et noble beauté.

Ayant regagné son coin de rive, Smytchkov fut frappé d'horreur : il ne voyait plus ses vêtements. On les lui avait dérobés... Tandis qu'il admirait la belle, des malfaiteurs inconnus avaient tout emporté, hormis sa contrebasse et son haut-de-forme.

— Malédiction ! s'écria Smytchkov. Ô engeance perfide des hommes ! Ce n'est pas tant la perte de mes habits qui m'indigne (car les vêtements sont périssables) que l'idée de devoir aller nu et, ce faisant, d'enfreindre les règles de la bienséance.

Il s'assit sur son étui de contrebasse et chercha une issue à son effroyable situation.

« Je ne peux tout de même pas arriver nu chez le prince Biboulov ! se dit-il. Il y aura des dames ! Sans compter que les voleurs ont pris, en même temps que mon pantalon, ma colophane qui s'y trouvait ! »

Il réfléchit longtemps, douloureusement, à en attraper la migraine.

« Mais, bien sûr ! se souvint-il enfin. Non loin de la rive, dans le taillis, se trouve un petit pont... En attendant la nuit, je peux me cacher dessous et, le soir, dans l'obscurité, j'irai jusqu'à la première isba... »

S'en tenant à cette idée, Smytchkov coiffa son haut-de-forme, chargea la contrebasse sur son dos et se dirigea vers le taillis. Nu, son instrument de musique sur le dos, il évoquait quelque antique demi-dieu de la mythologie.

À présent, lecteur, tandis que mon héros se désole sous son pont, abandonnons-le un instant pour nous tourner vers la jeune fille qui pêchait à la ligne. Qu'est-elle devenue ? Se réveillant et ne voyant plus le bouchon sur l'eau, la belle s'empressa de tirer sa ligne, laquelle se tendit, sans résultat : de toute évidence, le bouquet de Smytchkov, détrempé, avait gonflé et s'était alourdi.

« Ou c'est un gros poisson, se dit la jeune fille, ou ma ligne s'est accrochée. »

Elle tira encore un peu, puis décida que l'hameçon était coincé.

« Quel dommage ! songea-t-elle. Cela mord si bien, le soir ! Que faire ? »

Lors, sans tergiverser plus longtemps, notre excentrique demoiselle quitta ses voiles éthérés et plongea dans les flots son corps somptueux jusqu'à ses marmoréennes épaules. Il ne lui fut pas si facile de décrocher l'hameçon du bouquet dans lequel la ligne s'était emmêlée, mais la patience et l'effort qu'elle déploya eurent le dessus. Une quinzaine de minutes plus tard, la jeune beauté, heureuse et rayonnante, sortait de l'eau, son hameçon à la main.

Le mauvais sort, pourtant, la guettait. Les vauriens qui avaient volé les vêtements de Smytchkov, avaient également subtilisé les siens, ne lui laissant que sa boîte d'asticots.

« Que vais-je faire, à présent ? se demanda-t-elle en pleurant. Puis-je me promener dans cette tenue ? Jamais ! Plutôt mourir ! Je vais attendre que la nuit tombe ; alors, dans l'obscurité, j'irai trouver la bonne Agafia et l'enverrai chez moi chercher quelque habit. Et pour l'instant, je vais aller me cacher sous le petit pont. »

Courbée en deux, cherchant les herbes les plus hautes, mon héroïne courut jusqu'au pont. Elle s'y faufila et y trouva un homme nu, à la crinière de musicien et au torse velu. Elle poussa un cri et perdit connaissance.

Smytchkov eut peur, lui aussi. Tout d'abord, il prit la jeune fille pour une naïade.

« Ne serait-ce pas une ondine venue m'ensorceler ? » se demanda-t-il, supposition qui le flatta car il avait toujours eu la plus haute opinion de son apparence physique. « Et si ce n'est pas une sirène, mais quelque humaine créature, comment expliquer cette étrange métamorphose ? Que fait-elle ici, sous ce pont ? Et que lui arrive-t-il ? »

Tandis qu'il cherchait une réponse à ces questions, la belle reprit ses esprits.

— Ne me tuez pas ! murmura-t-elle. Je suis la fille du prince Biboulov. Je vous en supplie ! On vous donnera beaucoup d'argent ! Tandis qu'à l'instant je décrochais mon hameçon, des voleurs m'ont pris ma robe, mes souliers, tout !

— Madame ! répondit Smytchkov, implorant. À moi aussi, ils m'ont volé mes vêtements. De plus, avec mon pantalon, ils ont emporté ma colophane qui s'y trouvait !

D'ordinaire, les joueurs de contrebasse ou de trombone sont gens peu ingénieux ; Smytchkov était, en l'occurrence, une heureuse exception.

— Madame ! reprit-il bientôt. Ma vue, je le sens, vous offusque. Convenez toutefois que je ne puis partir d'ici pour les mêmes raisons que vous. Voici ce que j'ai imaginé : auriez-vous l'obligeance de vous étendre dans l'étui de ma contrebasse et de refermer sur vous le couvercle ? Ainsi serais-je dissimulé à vos yeux...

Ayant dit, Smytchkov retira la contrebasse de l'étui. Un instant, il lui parut qu'en cédant son étui, il profanait son art sacré, mais ses hésitations furent de courte durée. La belle s'étendit à l'intérieur, elle se mit en chien de fusil, il fixa les sangles, se réjouissant que la nature l'eût gratifié d'autant d'esprit.

— À présent, Madame, vous ne me voyez plus, dit-il. Reposez et soyez tranquille. Lorsqu'il fera sombre, je vous porterai à la maison de vos parents. Quant à ma contrebasse, je reviendrai la chercher ensuite.

Quand les ténèbres furent venues, Smytchkov chargea sur son dos l'étui contenant la belle et prit péniblement le chemin de la datcha Biboulov. Son plan était le suivant : il irait jusqu'à la première isba, s'y procurerait des vêtements et pousserait plus loin...

« À quelque chose malheur est bon... », songeait-il, soulevant de ses pieds nus la poussière de la route et ployant sous le faix. « Pour la vive part que j'ai prise au sort de la princesse, nul doute que Biboulov se montrera généreux. »

— Madame, êtes-vous à votre aise ? demanda-t-il du ton d'un *cavalier galant**, invitant une belle à danser le

---

* Les mots suivis d'un astérisque sont en français dans le texte.

quadrille. Je vous en prie, ne faites pas de manières et sentez-vous dans mon étui comme chez vous !

Soudain, le galant Smytchkov eut l'impression que deux silhouettes humaines marchaient devant lui, enveloppées de ténèbres. Y regardant plus attentivement, il se convainquit que ce n'était pas un effet d'optique : les silhouettes marchaient en effet, tenant des baluchons...

« Ne seraient-ce pas mes voleurs ? songea-t-il brusquement. Ils portent quelque chose. Ce sont sans doute nos habits ! »

Smytchkov posa l'étui au bord du chemin et s'élança à leur poursuite.

— Arrêtez-vous ! cria-t-il. Arrêtez-vous ! Rattrapez-les !

Les silhouettes se retournèrent et, voyant qu'on leur donnait la chasse, prirent leurs jambes à leur cou... Longtemps encore, la princesse entendit des pas précipités, des cris : « Arrêtez-vous ! » Enfin, tout se tut.

Smytchkov se prit au jeu de la poursuite, et la belle fût sans doute demeurée longtemps dans le champ, au bord de la route, n'eût été un heureux hasard. Il arriva qu'en cet instant, les compagnons de Smytchkov, le flûtiste Joutchkov[1] et le clarinettiste Razmakhaïkine[2], empruntaient le même chemin pour gagner la datcha Biboulov. Butant contre l'étui de contrebasse, ils s'entre-regardèrent, étonnés, les bras ballants.

— Une contrebasse ! dit Joutchkov. Mais c'est celle de notre Smytchkov ! Comment s'est-elle retrouvée là ?

— Il a dû arriver quelque chose à Smytchkov, décréta Razmakhaïkine. Ou bien il s'est soûlé, ou bien on l'a dépouillé... Quoi qu'il en soit, il ne convient pas que cette contrebasse reste ici. Prenons-la avec nous.

---

1. Nom formé sur *joutchok*, le petit scarabée.
2. Nom formé sur *razmakhivat*, gesticuler.

Joutchkov chargea l'étui sur son dos et les musiciens poursuivirent leur route.

— Ça pèse le diable ! ne cessa de grommeler le flûtiste tout au long du chemin. Pour rien au monde, je n'accepterais de jouer d'un monstre pareil... Ouf !

Arrivés à la datcha du prince Biboulov, les musiciens déposèrent l'étui à l'endroit dévolu à l'orchestre et gagnèrent le buffet.

À la datcha, cependant, on allumait lustres et appliques. Le fiancé, Lakeïtch[1], conseiller à la Cour, sympathique et beau fonctionnaire des Voies de communication, se tenait au milieu de la grande salle et, les mains dans les poches, devisait avec le comte Chkalikov[2]. Tous deux parlaient musique.

— Quant à moi, comte, disait Lakeïtch, j'ai personnellement connu, à Naples, un violoniste qui faisait littéralement des merveilles. Vous ne le croirez pas ! D'une contrebasse... d'une contrebasse ordinaire, il tirait des trilles si diaboliques que c'en était effrayant ! Il jouait les valses de Strauss !

— Allons donc ! C'est impossible... répliquait le comte, sceptique.

— Je vous assure ! Il exécutait même une rhapsodie de Liszt ! Je partageais sa chambre d'hôtel et, par désœuvrement, j'ai appris à jouer sur sa contrebasse cette fameuse rhapsodie.

— Une rhapsodie de Liszt... Hum !... vous plaisantez...

— Vous ne me croyez pas ? lança Lakeïtch en riant. Eh bien, je vais vous le prouver de ce pas ! Accompagnez-moi à l'orchestre !

Le fiancé et le comte y dirigèrent leurs pas. Arrivés

---
1. Nom formé sur *lakeï*, le laquais.
2. Nom formé sur *chkalik*, le petit verre à vodka.

près de la contrebasse, ils en défirent rapidement les sangles... et... ô horreur !

Mais à ce point de notre récit, tandis que le lecteur laisse libre cours à son imagination et esquisse l'issue de cette dispute musicale, revenons à Smytchkov... N'ayant pu rattraper les voleurs, le malheureux musicien s'en revint à l'endroit où il avait déposé son étui et ne vit pas son précieux fardeau. Se perdant en conjectures, il fit plusieurs allers et retours sur la route et, ne trouvant pas l'étui, se dit qu'il s'était trompé de chemin...

« C'est affreux ! songeait-il, glacé d'effroi et s'arrachant les cheveux. Elle va étouffer dans l'étui ! Je suis un assassin ! »

Jusqu'à la minuit, Smytchkov erra par les chemins à la recherche de l'étui. Pour finir, à bout de forces, il retourna au petit pont.

— Je recommencerai à chercher dès l'aube, résolut-il.

À l'aube, les recherches ne donnèrent rien de plus et Smytchkov décida d'attendre sous le pont la tombée de la nuit...

— Je la trouverai ! marmonnait-il, retirant son haut-de-forme pour s'arracher les cheveux. Dussé-je y passer une année entière, je la trouverai !

....

À présent encore, les paysans qui peuplent le lieu de mon récit rapportent que, la nuit, près du petit pont, on peut voir un homme nu, barbu et chevelu, portant un haut-de-forme. Parfois, sous le pont, résonne la voix rauque d'une contrebasse.

Miroir déformant

Conte de Noël

Nous entrâmes, ma femme et moi, dans le salon qui sentait l'humidité et le moisi. Dès que nous éclairâmes les murs qui n'avaient pas vu la lumière de tout un siècle, ce fut le sauve-qui-peut pour des millions de souris et de rats. Lorsque nous refermâmes la porte derrière nous, il y eut un courant d'air qui vint nous frapper aux narines et fit frémir des papiers entassés dans les coins. La lumière y tomba et nous découvrîmes des caractères anciens et des enluminures du Moyen Âge. Les portraits de mes ancêtres tapissaient les murs verdis par le temps. Ils avaient le regard hautain, sévère, comme s'ils voulaient me dire :

« Il faudrait te donner le fouet, mon cher ! »

Nos pas résonnaient à travers la maison. Un écho répondait à ma toux, le même qui, jadis, répondait à mes aïeux...

Le vent, cependant, hurlait et gémissait. Quelqu'un pleurait dans le conduit de pierre de la cheminée, et il y avait, dans ce pleur, du désespoir. De grosses gouttes de pluie frappaient les vitres ternies et sombres, et leur son vous emplissait de mélancolie.

— Ô mes ancêtres, mes ancêtres ! dis-je, avec un soupir entendu. Si j'étais écrivain, j'écrirais un gros roman rien qu'en regardant ces portraits. Car chacun de ces vieillards fut jeune en son temps, chacun et chacune eut son histoire d'amour... et quelle histoire d'amour ! Vois cette vieille femme, là, mon arrière-grand-mère. Cette femme laide, monstrueuse, eut une aventure au plus haut point captivante. As-tu remarqué, demandai-je à ma femme, as-tu remarqué le miroir accroché dans l'angle, là-bas ?

Et je lui désignai un grand miroir dans son cadre de bronze noirci, suspendu dans un coin, près du portrait de mon aïeule.

— Ce miroir a un pouvoir maléfique : il a causé la perte de mon arrière-grand-mère. Elle l'avait payé un prix fou et ne s'en sépara pas de toute sa vie. Elle s'y mirait jour et nuit, sans arrêt, s'y regardait même boire et manger. Avant de se coucher, elle ne manquait jamais de le prendre avec elle dans son lit et, se mourant, elle demanda qu'on le mît dans son cercueil. Et si son vœu ne fut pas exaucé, c'est que le miroir ne put s'y loger.

— Était-elle tellement coquette ? demanda ma femme.

— Peut-être. Mais n'avait-elle pas d'autres miroirs ? Pourquoi tenait-elle tant à celui-ci ? Non, ma très chère, il y a là un terrible secret. Il ne peut en aller différemment. La légende veut qu'un diable niche dans ce miroir et que mon aïeule avait un faible pour les démons. C'est absurde, bien entendu, mais il ne fait pas de doute que le miroir au cadre de bronze a un pouvoir secret.

J'époussetai le miroir, m'y regardai et partis d'un grand rire. L'écho y répondit sourdement. C'était un miroir déformant et ma physionomie y était tordue de partout : mon nez se retrouvait sur ma joue gauche, mon menton s'était dédoublé et partait de côté.

— Mon arrière-grand-mère avait décidément un goût étrange ! dis-je.

Ma femme s'approcha du miroir d'un pas hésitant, elle y jeta à son tour un coup d'œil et il se produisit une chose effroyable. Elle blêmit, se mit à trembler de tous ses membres et poussa un cri. Le bougeoir qu'elle tenait lui échappa et roula sur le sol, la bougie s'éteignit. L'obscurité nous enveloppa. J'entendis aussitôt le bruit lourd d'une chute : c'était ma femme qui avait perdu connaissance.

Le gémissement du vent se fit plus plaintif encore, les rats se lancèrent dans une cavalcade, les souris froufroutèrent dans les papiers. Mes cheveux se dressèrent sur ma tête et frémirent, lorsqu'un volet fut arraché d'une des fenêtres et dégringola. La lune apparut à la vitre...

Je saisis ma femme dans mes bras et l'emportai loin de la demeure de mes ancêtres. Elle ne reprit ses esprits que le lendemain soir.

— Le miroir ! Donnez-moi le miroir ! dit-elle en revenant à elle. Où est le miroir ?

Une semaine entière, elle refusa de boire, de manger, de dormir, exigeant sans relâche qu'on lui apportât le miroir. Elle sanglotait, s'arrachait les cheveux, se montrait fort agitée, et lorsque, pour finir, le docteur déclara qu'elle risquait de mourir d'inanition et que son état était extrêmement grave, je surmontai ma peur, descendis au salon et en rapportai le miroir de mon arrière-grand-mère. En le voyant, elle rit de bonheur, puis s'en saisit, l'embrassa et y riva les yeux.

Dix ans ont passé depuis, mais elle continue de s'y mirer, sans le quitter un instant du regard.

— Est-ce vraiment moi ? murmure-t-elle, et son teint vermeil rosit encore de béatitude et de ravissement. Oui, c'est bien moi ! Tout n'est que mensonge, hormis ce miroir ! Les gens mentent, mon mari ment ! Oh, que ne me suis-je vue plus tôt ? Si j'avais su ce à quoi je ressemblais en réalité, jamais je n'eusse épousé cet homme. Il n'est pas digne de moi ! Je devrais avoir à mes pieds les plus beaux, les plus nobles chevaliers !...

Un jour que je me tenais debout derrière ma femme, je regardai par mégarde dans le miroir et eus la soudaine révélation du terrible secret. Je vis dans le miroir une femme d'une éblouissante beauté, comme je n'en avais jamais rencontré de ma vie. C'était une merveille de la nature, alliant dans une parfaite harmonie la beauté, la grâce et l'amour. Qu'était-ce là ? Que se passait-il donc ? Comment ma femme, lourdaude et laide, pouvait-elle paraître aussi belle dans le miroir ? Comment ?

Tout simplement, le miroir déformait en tous sens le visage disgracieux de ma femme, et ses traits, ainsi chamboulés, donnaient par hasard quelque chose de beau. Moins plus moins égale plus.

Désormais, ma femme et moi, demeurons devant le miroir et, sans le quitter un instant des yeux, nous nous y mirons : mon nez grimpe sur ma joue gauche, mon menton se dédouble et part de côté, mais le visage de ma femme est un enchantement. Une passion folle, sauvage, s'empare alors de moi.

Je ris comme un insensé :

— Ha-ha-ha !

Ma femme, cependant, murmure doucement :

— Comme je suis belle !

Ah, les usagers !

— Fini, je ne boirai plus !... P-pour... rien au monde ! Il est temps de se montrer raisonnable. Il faut travailler, se donner de la peine. Ça te plaît de toucher ton traitement ? Alors, travaille honnêtement, avec zèle, en conscience, au mépris de ton sommeil et de ton repos. Assez de caprices... Tu as pris l'habitude, mon vieux, d'être payé pour rien, et ce n'est pas bien... vraiment pas bien.

S'étant sermonné plusieurs fois de la sorte, le contrôleur-chef Podtiaguine sent monter en lui le goût irrépressible du labeur. Il est plus d'une heure du matin, cependant il réveille les contrôleurs et entreprend avec eux la tournée des wagons pour vérifier les billets.

— Billets... s-siou plaît ! lance-t-il d'une voix forte en faisant gaiement claquer sa poinçonneuse.

Des silhouettes endormies, qu'emmitoufle la pénombre du wagon, sursautent, s'ébrouent et tendent leurs billets.

— Billets... s-siou plaît ! répète Podtiaguine à l'intention d'un voyageur de seconde classe, un homme maigre, noueux, enveloppé d'une pelisse doublée d'une couverture, et entouré d'oreillers. Billets... s-siou plaît !

Plongé dans un profond sommeil, l'homme noueux ne répond pas. Le contrôleur-chef lui touche l'épaule, en disant une fois encore, impatienté :

— Billets... s-siou plaît !

Le voyageur sursaute, ouvre les yeux qu'il braque, pleins d'effroi, sur Podtiaguine.

— Quoi ? Qui ? Hein ?

— On vous le demande gen-en-timent : billets... s-siou plaît ! Si vous v'lez vous donner la peine...

— Mon Dieu ! gémit l'homme noueux, en affichant une mine éplorée. Seigneur Dieu ! Je souffre de rhumatismes... Cela fait trois nuits que je ne dors pas, je prends exprès de la morphine pour m'endormir, et vous voilà... avec vos histoires de billet ! C'est trop cruel, inhumain ! Si vous saviez comme j'ai du mal à dormir, vous ne me dérangeriez pas pour ces billevesées... C'est par trop cruel, insensé ! Et qu'avez-vous besoin de mon billet ? C'en est stupide, à la fin !

Podtiaguine se demande s'il doit ou non prendre la mouche et décide que... oui.

— Vous êtes prié de ne pas faire de tapage ici ! Vous n'êtes pas à l'estaminet ! réplique-t-il.

— À l'estaminet, les gens se montrent plus humains, s'étrangle le voyageur. Va te rendormir, à présent ! C'est tout de même effarant : j'ai parcouru l'étranger, personne ne m'y a jamais demandé mon billet ! Mais ici, c'est à croire qu'ils ont le diable dans la peau, ça n'arrête pas...

— Eh bien, retournez-y, à l'étranger, si vous vous y plaisez tellement !

— C'est stupide, mon cher monsieur ! Stupide, oui ! Passe encore que vous fassiez mourir les voyageurs dans la fumée de charbon, la chaleur et les courants d'air, mais vous voulez en plus, crénom ! les achever à coups de formalités ! Voyez-vous cela, il lui faut mon billet ! Le beau zèle, ma foi ! Si au moins c'était vraiment pour contrôler ! Ouiche ! La moitié du train voyage sans billet !

— Écoutez, monsieur ! éclate Podtiaguine. Si vous n'arrêtez pas de crier et d'ameuter les foules, je me verrai dans l'obligation de vous faire descendre au prochain arrêt et de dresser procès-verbal !

— C'est scandaleux ! s'indignent les autres voyageurs. Comment peut-on s'en prendre ainsi à un malade ? N'allez-vous pas montrer un peu de compassion ?

— C'est lui qui m'insulte ! répond Podtiaguine, déjà moins sûr de lui. C'est bon, je ne demanderai pas son billet... À votre guise... Seulement, vous savez bien que mon service l'exige... S'il n'y avait pas le service, moi, bien sûr... Vous pouvez demander au chef de gare... ou à qui vous voudrez...

Podtiaguine hausse les épaules et laisse le malade. Tout d'abord il se sent vexé et quelque peu traité de haut, puis, après avoir parcouru deux ou trois wagons, il éprouve dans son cœur de contrôleur-chef une sourde inquiétude semblable à du remords.

« C'est vrai, je n'aurais pas dû réveiller un malade, songe-t-il. D'ailleurs, ce n'est pas ma faute... Ils sont tous là à se dire que c'est une lubie de ma part, que je n'ai rien d'autre à faire. Ils ne savent pas ce que c'est, les nécessités du service... Puisqu'ils ne me croient pas, je peux leur amener le chef de gare. »

Une gare. Cinq minutes d'arrêt. Avant le troisième coup de cloche, Podtiaguine pénètre dans le wagon de seconde classe évoqué ci-avant, suivi du chef de gare coiffé de sa casquette rouge d'uniforme.

— Ce monsieur que vous voyez là, commence-t-il, prétend que je n'ai pas le droit de lui demander son billet et... il s'offusque. Je vous prie donc, monsieur le chef de gare, de lui dire s'il s'agit d'une obligation de service ou d'une simple lubie de ma part. Monsieur, poursuit-il à l'intention de l'homme noueux, monsieur ! Vous pouvez demander au chef de gare, là, si vous ne me croyez pas.

Le malade sursaute, comme si une mouche l'avait piqué, il ouvre les yeux et, affichant une mine éplorée, se renverse contre le dossier de la banquette.

— Mon Dieu ! J'avais pris une deuxième poudre, je venais tout juste de m'assoupir, et le revoilà... le revoilà ! Je vous en conjure, montrez-vous compatissant !

— Vous pouvez parler avec monsieur le chef de gare, là... Il vous dira si, oui ou non, j'ai le droit de réclamer votre billet.

— C'est insupportable ! Tenez, le voici votre billet ! Là ! Je veux bien vous en acheter cinq autres, mais laissez-moi mourir en paix ! N'avez-vous donc jamais été malade ? Quels gens sans cœur !

— C'est se moquer du monde ! s'indigne un monsieur en uniforme de l'armée. Comment qualifier autrement pareille insistance ?

— Laissez, dit le chef de gare en se renfrognant et en tirant Podtiaguine par la manche.

Podtiaguine hausse les épaules et s'éloigne lentement, sur les talons du chef de gare.

« Essayez donc de les contenter ! Je lui amène tout exprès le chef de gare pour qu'il comprenne et se calme, et lui... il se met en pétard ! »

Une autre gare. Dix minutes d'arrêt. Juste avant le deuxième coup de cloche, Podtiaguine, qui, debout au buffet, boit de l'eau de Seltz, est abordé par deux messieurs, l'un en uniforme d'ingénieur, l'autre en manteau militaire.

— Écoutez voir, contrôleur-chef ! lance l'ingénieur à Podtiaguine. Votre conduite à l'égard de ce voyageur malade a indigné tous ceux qui en ont été témoins. Je me présente : ingénieur Pouznitski, quant à ce monsieur... il est colonel. Si vous ne faites pas d'excuses à ce voyageur, nous nous plaindrons au responsable des chemins de fer qui est une de nos relations communes.

— Voyons, messieurs, j'ai... vous... bafouille Podtiaguine, effaré.

— Nous ne voulons pas d'explications. Nous vous

avertissons seulement : si vous ne faites pas d'excuses, nous prenons ce voyageur sous notre protection.

— Bon, je... je ferai des excuses, je crois... Puisque vous insistez...

Une demi-heure plus tard, ayant préparé une phrase d'excuse à même de satisfaire le voyageur sans rabaisser sa dignité personnelle, Podtiaguine entre dans le wagon.

— Monsieur ! lance-t-il à l'intention du malade. Écoutez-moi, monsieur !

Le malade tressaille et sursaute.

— Quoi ?

— Je... eh bien... ne le prenez pas mal...

— O-oh !... À boire... balbutie le malade, suffoquant et se tenant le cœur. J'ai pris une troisième dose de morphine, je somnolais et... le revoilà ! Seigneur, quand ce supplice finira-t-il ?

— Je... eh bien... Excusez...

— Écoutez... Faites-moi descendre au prochain arrêt... Je ne suis pas en état de le supporter plus longtemps. Je... je meurs...

— C'est ignoble, odieux ! s'indignent les autres voyageurs. Fichez le camp d'ici ! Se moquer pareillement du monde ! Vous le paierez ! Dehors !

Podtiaguine a un geste de renoncement, il soupire et quitte le wagon. Il gagne le compartiment de service, s'assied à la table, accablé, et se lamente :

— Ah, les usagers ! Allez donc les contenter ! Allez remplir vos obligations de service, donnez-vous de la peine ! On finirait qu'on enverrait tout balader et qu'on se soûlerait pour oublier... Si on ne fait rien, ils sont furieux, si on fait quelque chose, ils le sont aussi... Buvons plutôt !

Podtiaguine vide d'un trait une demi-bouteille et oublie aussitôt toute idée de labeur, de devoir et d'honnêteté.

Fragments du journal d'un irascible

Je suis un homme sérieux, à la tournure d'esprit philosophique. Mon domaine est la finance, j'étudie le droit financier et rédige une thèse intitulée : *Passé et avenir de la taxe sur les chiens*. Vous conviendrez que je n'ai résolument rien à faire des jeunes filles, des romances, de la lune et autres billevesées.

Dix heures du matin. *Maman** me sert un verre de café. Je le bois tranquillement et m'installe sur notre petit balcon afin de me mettre sans plus attendre à ma thèse. Je prends une feuille blanche, trempe ma plume dans l'encre et trace le titre : « Passé et avenir de la taxe sur les chiens. » Après quelques instants de réflexion, j'ajoute : « Aperçu historique. D'après certaines allusions trouvées chez Hérodote et Xénophon, la taxe sur les chiens tire son origine de... »

C'est alors que j'entends des pas hautement suspects. Je regarde en bas et aperçois une demoiselle au visage allongé et à la taille svelte. Elle s'appelle, je crois, Nadienka ou Varienka, ce qui d'ailleurs revient exactement au même. Elle cherche quelque chose, feint de ne pas me voir et chantonne :

Te souvient-il de ce refrain plein de langueur ?...

Je relis ce que j'ai écrit, je veux poursuivre mais, à

cet instant, la demoiselle fait mine de m'apercevoir et dit tristement :

— Bonjour, Nikolaï Andreïtch[1] ! Imaginez, quel malheur ! En me promenant, hier, j'ai perdu la breloque de mon bracelet !

Je relis une fois encore le début de ma thèse, rectifie l'arrondi d'un « P » et veux continuer, mais la demoiselle ne m'en laisse pas le loisir.

— Nikolaï Andreïtch, dit-elle, soyez gentil de me raccompagner chez moi. Les Kareline ont un chien si énorme que je n'ose pas passer seule.

Rien à faire : je pose ma plume et descends. Nadienka ou Varienka glisse son bras sous le mien et nous nous dirigeons vers sa datcha.

Chaque fois qu'il m'échoit de donner le bras à une dame ou une demoiselle, j'ai la curieuse impression d'être un crochet auquel on a suspendu une grande pelisse. Sans compter que Nadienka ou Varienka est, entre nous soit dit, une nature passionnée (son grand-père était arménien) : elle s'y entend comme personne à peser de tout son poids sur votre bras et, telle une sangsue, à se coller à votre flanc. Nous voilà donc partis... En passant devant chez les Kareline, je vois un gros chien qui me rappelle la taxe les concernant. Mélancolique, je songe au travail entrepris et soupire.

— Pourquoi soupirez-vous ? s'enquiert Nadienka ou Varienka en soupirant à son tour.

Il me faut ici faire une digression. Nadienka ou Varienka (son prénom me revient à présent, je crois qu'elle se nomme Machenka) s'est mis dans la tête, Dieu sait pourquoi, que j'étais amoureux d'elle ; aussi tient-elle pour un devoir d'humanité de toujours me consi-

---

1. Diminutif familier du patronyme Andreïevitch.

dérer d'un œil compatissant et de s'efforcer, par de bonnes paroles, de soigner mon âme blessée.

— Écoutez, dit-elle en s'arrêtant. Je sais ce qui vous fait soupirer. Vous aimez, oui ! Cependant, je vous demande de croire, au nom de notre amitié, que celle que vous aimez a pour vous la plus grande estime ! Votre amour ne peut être payé de retour, mais est-ce sa faute à elle si son cœur appartient depuis longtemps à un autre ?

Le nez de Machenka rougit, enfle, ses yeux s'emplissent de larmes. Elle attend manifestement une réponse de ma part. Par bonheur, nous arrivons... Sur la terrasse nous trouvons la *maman** de Machenka, une brave femme, cependant pleine de préjugés. Un coup d'œil au visage bouleversé de sa fille, et la voici qui pose sur moi un regard appuyé, puis soupire, l'air de dire : « Ah, jeunesse, vous ne savez pas même dissimuler ! » Il y a en outre, sur la terrasse, plusieurs demoiselles multicolores et, au milieu, mon voisin de datcha, officier en retraite, blessé à la tempe gauche et à la hanche droite, durant la dernière guerre. Le malheureux avait fixé, comme moi, de consacrer son été au travail littéraire. Il écrit ses Mémoires de militaire. Comme moi, il se met chaque matin à son respectable ouvrage, mais à peine a-t-il écrit : « Je suis né en... » qu'apparaît sous son balcon quelque Varienka ou Machenka, et voici notre malheureux blessé de guerre fait comme un rat.

Toute la terrasse est occupée à préparer je ne sais quelles saletés de baies pour faire des confitures. Je salue à la ronde et veux m'en aller, mais les jeunes filles multicolores se saisissent en glapissant de mon chapeau et exigent que je reste. Je m'assieds. On pose devant moi une assiette de baies et une épingle à cheveux. Je prépare les baies.

La conversation des jeunes filles multicolores roule sur les hommes. Untel est plutôt mignon, tel autre beau mais antipathique, un troisième laid mais sympathique, un quatrième ne serait pas vilain s'il n'avait le nez comme un dé à coudre, etc.

— Quant à vous, *Monsieur Nicolas**, lance à mon intention la *maman** de Varienka, vous n'êtes pas beau mais vous êtes sympathique... Votre visage a un je-ne-sais-quoi de... Du reste, ce qui compte, chez un homme, c'est l'esprit, et non la beauté...

Les demoiselles soupirent et baissent les yeux... Elles sont d'avis, elles aussi, que ce qui compte, chez un homme, c'est l'esprit, et non la beauté. Je me regarde du coin de l'œil dans le miroir pour me convaincre que je suis vraiment sympathique. Je vois une tête broussailleuse, une barbe broussailleuse, des moustaches, des sourcils, des poils sur les joues, des poils sous les yeux, un vrai fourré où pointe, telle une tour de guet, un nez imposant. Beau tableau, rien à dire !

— Du reste, *Nicolas**, vous vous imposerez par vos qualités d'âme, soupire la *maman** de Nadienka, comme pour conforter une de ses pensées secrètes.

Nadienka est malheureuse pour moi. Cependant, la conscience d'avoir en face d'elle un homme qui l'aime lui procure, de toute évidence, la plus ineffable jouissance. Quand les jeunes filles en ont fini avec les hommes, elles se mettent à parler d'amour. Suit une longue discussion sur le sujet, après quoi une des demoiselles se lève et s'en va. Les autres entreprennent aussitôt de lui casser du sucre sur le dos. Tous la trouvent sotte, insupportable, affreuse, elle aurait en outre, paraît-il, une omoplate de travers.

Dieu merci, voici qu'apparaît enfin notre femme de chambre, envoyée par *maman** me chercher pour déjeuner. Je peux laisser, à présent, cette fâcheuse compagnie et aller me remettre à ma thèse. Je me lève et salue tout le monde. Mais la *maman** de Varienka, Varienka elle-même et les jeunes filles multicolores font cercle autour de moi et déclarent que je n'ai pas le droit de partir, que je leur ai donné, hier, ma parole d'honneur que je déjeunerais avec elles et les accompagnerais ensuite aux champignons. Je m'incline et me rassieds... Mon cœur déborde de haine ; un instant encore, je le sens, et je ne réponds plus de moi, je vais faire un éclat. Cependant, la délicatesse et la crainte d'enfreindre les règles du bon ton m'obligent à m'incliner devant ces dames. Et je m'incline.

Nous passons à table. L'officier, auquel sa blessure à la tempe a valu une contracture des mâchoires, donne l'impression, lorsqu'il mange, d'être bridé comme un cheval et d'avoir le mors aux dents. Je fais des boulettes de pain, je songe à la taxe sur les chiens et, connaissant mon caractère emporté, je m'efforce de ne rien dire. Nadienka me regarde avec compassion. Consommé froid, langue aux petits pois, poulet rôti et fruits au sirop. Je n'ai pas d'appétit mais, par délicatesse, je mange. Après le déjeuner, alors que je suis seul sur la terrasse, en train de fumer, la *maman** de Machenka s'approche, serre mes mains entre les siennes et dit, haletante :

— Ne vous désolez pas, *Nicolas**... Elle a tant de cœur... tant de cœur !

Nous allons aux champignons dans la forêt... Varienka est pendue à mon bras et se colle à mon flanc, telle une sangsue. Je souffre indiciblement mais je supporte.

Nous entrons dans le bois.

— Voyons, *Monsieur Nicolas**, soupire Nadienka, pourquoi êtes-vous si triste ? Pourquoi ne dites-vous rien ?

Étrange jeune fille : de quoi pourrais-je bien parler avec elle ? Qu'avons-nous de commun ?

— Allons, dites quelque chose... me demande-t-elle.

Je cherche quelque idée simple, qu'elle soit susceptible de comprendre. Après réflexion, je dis :

— Le déboisement cause à la Russie un dommage considérable...

— *Nicolas** ! soupire Varienka, et son nez se met à rougir. Je vois bien, *Nicolas**, que vous évitez toute conversation à cœur ouvert... Comme si vous vouliez me punir par votre silence... Vos sentiments ne sont pas partagés et vous voulez souffrir sans un mot, solitaire... C'est affreux, *Nicolas** ! s'écrie-t-elle en me saisissant impétueusement la main, tandis que je vois son nez enfler. Que diriez-vous si la jeune fille que vous aimez vous proposait une indéfectible amitié ?

Je bredouille quelques mots sans lien car je ne sais décidément que répondre... Permettez : premièrement, je n'aime aucune jeune fille, deuxièmement, qu'ai-je à faire d'une indéfectible amitié ? Troisièmement, je suis très irascible. Machenka ou Varienka se cache le visage dans les mains et dit à mi-voix, comme pour elle-même :

— Il se tait... Il attend que je me sacrifie, c'est clair. Mais comment pourrais-je l'aimer, si j'en aime toujours un autre ? Au demeurant... j'y songerai... C'est bon, j'y songerai... Je rassemblerai toutes les forces de mon âme et peut-être parviendrai-je, au prix de mon propre bonheur, à sauver cet être qui souffre !

Je n'y comprends goutte. Un discours cabalistique. Nous reprenons notre promenade et ramassons des champignons. Sans un mot. Le visage de Nadienka traduit une lutte intérieure. On entend des abois de chiens : cela me rappelle ma thèse et je soupire bruyamment. Entre les troncs d'arbres je vois l'officier blessé. Le pauvre boite péniblement de droite et de gauche : à droite à cause de sa hanche blessée, à gauche parce qu'il a, accrochée à son bras, une des demoiselles multicolores. Son visage exprime la résignation.

Nous quittons la forêt pour retourner prendre le thé

à la datcha, puis nous jouons au croquet et écoutons une des jeunes filles multicolores chanter une romance : « Non, tu ne m'aimes point ! Non ! Non ! » Lorsqu'elle prononce le mot « non », sa bouche se tord jusqu'à l'oreille.

— *Charmant* !* brament les autres jeunes filles. *Charmant* !*

Vient le soir. Une lune immonde sort de derrière les buissons. Tout n'est que silence et il y a dans l'air une déplaisante odeur de foin fraîchement coupé. Je prends mon chapeau et veux m'en aller.

— J'ai deux ou trois choses à vous dire, me murmure Machenka d'un air pénétré. Ne partez pas.

J'ai un mauvais pressentiment mais, par délicatesse, je reste. Machenka me prend par le bras et m'entraîne dans l'allée. À présent, son être tout entier traduit sa lutte intérieure. Elle est pâle, respire avec difficulté et a manifestement l'intention de m'arracher le bras droit. Que lui arrive-t-il ?

— Écoutez... bredouille-t-elle. Non, je ne puis... Non...

Elle veut dire quelque chose, hésite. Pourtant je vois à son visage qu'elle s'y est résolue. Ses yeux lancent un éclair, son nez enfle, elle me saisit la main et jette en hâte :

— *Nicolas**, je suis à vous ! Vous aimer, je ne le puis, cependant je vous jure fidélité !

Puis elle se serre contre ma poitrine, mais fait brusquement un bond en arrière.

— On vient... murmure-t-elle. Adieu... Je serai demain à onze heures à la gloriette... Adieu !

Et elle disparaît. N'y comprenant goutte et sentant mon cœur battre douloureusement, je rentre chez moi où m'attend *Passé et avenir de la taxe sur les chiens*. Mais je ne suis plus en état de travailler. J'enrage. Je peux même dire que je suis effrayant à voir. Sacrebleu, je ne permettrai pas qu'on me traite en gamin ! Je suis irascible, il est dangereux de s'amuser avec moi ! Et quand la femme de chambre vient m'appeler pour le dîner, je lui crie : « Fichez-moi le camp ! » Pareil emportement n'annonce rien de bon.

Le lendemain matin. Un temps de villégiature, autrement dit une température au-dessous de zéro, un vent froid et violent, la pluie, la boue et une odeur de naphtaline, car *maman** a sorti tous ses manteaux de la malle. Un matin diabolique. Nous sommes d'ailleurs le 7 août 1887, jour d'éclipse solaire. Notons que les éclipses offrent à tout un chacun l'opportunité de se rendre immensément utile, sans qu'il y soit besoin d'être astronome. Tout un chacun peut en effet : 1) mesurer le diamètre du soleil et de la lune, 2) dessiner la couronne solaire, 3) relever la température, 4) observer, au moment de l'éclipse, plantes et animaux, 5) consigner ses impressions personnelles, etc. L'affaire est même si importante que je délaisse pour un temps *Passé et avenir de la taxe sur les chiens* et décide d'observer l'éclipse. Nous nous sommes tous levés très tôt. J'ai réparti le travail à effectuer comme suit : je mesurerai le diamètre du soleil et de la lune, l'officier blessé dessinera la couronne solaire, toutes les autres tâches incombant à Machenka et aux jeunes filles multicolores. Nous voici réunis, nous attendons.

— Pourquoi y a-t-il des éclipses ? demande Machenka.

Je réponds :

— Les éclipses solaires se produisent quand la lune, en se déplaçant dans le plan de l'écliptique, vient se situer sur la ligne réunissant le centre du soleil et celui de la terre.

— C'est quoi, l'écliptique ?

J'explique. Machenka écoute attentivement, puis demande :

— Est-ce qu'à travers un verre fumé on peut voir la ligne qui réunit le centre du soleil et celui de la terre ?

Je lui réponds que cette ligne n'est qu'une construction mentale.

— Dans ce cas, réplique Varienka, sceptique, comment la lune peut-elle s'y placer ?

Je ne réponds rien. Je sens que cette question, par sa naïveté, me fait enfler le foie.

— Sottises ! déclare la *maman** de Varienka. On ne peut pas savoir ce qui va se passer. Sans compter que vous n'êtes jamais allé dans le ciel : comment connaîtriez-vous ce qu'il en sera de la lune et du soleil ? Tout cela n'est qu'élucubrations.

Mais voici qu'une tache noire vient masquer le soleil. C'est la confusion générale. Vaches, moutons et chevaux, la queue dressée, foncent, terrifiés, avec force braillements, à travers champs. Les chiens hurlent. Les punaises, se figurant que la nuit est venue, sortent de leurs trous et se mettent à piquer tous ceux qui dorment. Épouvanté, le sacristain, qui, à ce moment-là, rapporte ses concombres du potager, saute de sa télègue[1] et se cache sous un pont, tandis que son cheval, toujours attelé à la charrette, déboule dans une cour de ferme où les cochons dévorent son chargement. Le collecteur d'accise, qui a passé la nuit hors de chez lui, chez une dame en villégiature, bondit en linge de corps et, fendant la foule, crie comme un perdu :

— Sauve qui peut !

Réveillées par le vacarme, de nombreuses vacancières, dont certaines jeunes et jolies, se précipitent dans la rue, sans prendre le temps de mettre leurs souliers. Et il se passe encore bien des choses si étranges que je ne puis me résoudre à les rapporter ici.

---

1. Voiture de charge à quatre roues.

— Quelle épouvante ! glapissent les demoiselles multicolores. Quelle horreur !

— *Mesdames**, observez plutôt ! leur dis-je dans un cri. Le temps presse !

Quant à moi, je me hâte. Je mesure le diamètre... La couronne solaire me revient à l'esprit et je cherche des yeux l'officier blessé. Il est planté là, sans rien faire.

— Que vous arrive-t-il ? hurlé-je. Et la couronne solaire ?

Il hausse les épaules et, d'un regard impuissant, me montre ses bras. Les jeunes filles multicolores sont accrochées aux deux bras du malheureux, elles se serrent contre lui, terrifiées, et l'empêchent de travailler. Je prends un crayon et note le temps à la seconde près. C'est important. Je relève la position géographique du poste d'observation. C'est tout aussi important. Je veux mesurer le diamètre, quand Machenka me prend par la main et dit :

— N'oubliez surtout pas : aujourd'hui, à onze heures !

Je retire ma main et, prisant la moindre seconde, je veux poursuivre mes observations, lorsque Varienka glisse convulsivement son bras sous le mien et se serre contre mon flanc. Crayon, verres, schémas, tout dégringole dans l'herbe. Sacrebleu ! Il est grand temps, à la fin, que cette jeune personne comprenne que je suis irascible et que, si je m'emporte, je deviens enragé et ne réponds plus de moi !

Je veux continuer mais l'éclipse est finie !

— Regardez-moi ! murmure-t-elle tendrement.

Vraiment, voilà qui dépasse les bornes ! Convenez qu'abuser ainsi de la patience d'un homme ne peut que mal finir. Ne venez pas m'accuser, s'il se produit quelque horreur ! Je ne permettrai à quiconque de plaisanter à mes dépens, de se gausser de moi, et, crénom ! quand je suis déchaîné, je ne conseille à personne de m'approcher trop près. Nom de nom ! Je suis capable de tout !

Ayant vraisemblablement vu à mon air que j'enrageais, une des jeunes filles dit, sans doute pour me calmer :

— Moi, Nikolaï Andreïevitch, j'ai rempli la mission que vous m'aviez confiée. J'ai observé les mammifères. J'ai remarqué un chien gris qui, juste avant l'éclipse, donnait brusquement la chasse à un chat et, ensuite, remuait longuement la queue.

Bref, impossible de rien tirer de cette éclipse. Je rentre chez moi. La pluie m'empêche heureusement de m'installer sur le balcon pour travailler. L'officier blessé, lui, risque le coup, il a même le temps d'écrire : « Je suis né en... », et je vois à présent, par la fenêtre, une des jeunes filles multicolores le traîner à sa datcha. Je n'arrive pas à travailler, tant j'enrage encore et tant mon cœur cogne dans ma poitrine. Je ne vais pas à la gloriette. C'est impoli, mais convenez que je ne puis sortir sous la pluie ! À midi, je reçois un billet de Machenka ; j'y trouve des reproches ainsi qu'une prière de me rendre à la gloriette. Je m'aperçois en outre qu'elle m'y tutoie... À une heure, nouveau billet, à deux heures, troisième message... Je dois y aller. Mais auparavant, il me faut songer à ce que je vais lui dire. J'agirai en honnête homme. Je lui expliquerai d'abord qu'elle a tort de se figurer que je l'aime. Au demeurant, on ne fait pas ce genre de déclaration à une dame. Lancer à une femme : « Je ne vous aime pas » est aussi indélicat que de dire à un écrivain : « Vous écrivez mal ». Mieux vaut que j'expose à Varienka mon point de vue sur le mariage. J'enfile un manteau chaud, je prends mon parapluie et me dirige vers la gloriette. Connaissant mon tempérament irascible, je redoute de lâcher un mot de trop. Je ferai en sorte de me contenir.

À la gloriette, on m'attend. Nadienka est pâle, éplorée. En m'apercevant, elle a un cri de joie et se jette à mon cou, en disant :

— Enfin ! Tu abuses de ma patience. Écoute, je n'ai pas dormi de la nuit... Je n'ai cessé de réfléchir. Je crois qu'en te connaissant mieux, je... finirai par t'aimer...

Je m'assieds et entreprends de lui expliquer ma vision du mariage. D'abord, pour ne pas aller trop loin, rester le plus concis possible, je lui fais un bref historique. Je parle du mariage chez les Hindous et les Égyptiens, puis en arrive à des époques moins lointaines. J'ajoute quelques pensées puisées chez Schopenhauer. Machenka écoute attentivement, quand soudain, faisant montre d'une étrange inconséquence, elle juge bon de m'interrompre.

— *Nicolas**, embrasse-moi ! dit-elle.

Décontenancé, je ne trouve rien à répondre. Elle réitère sa demande. Que faire ? Je quitte mon siège, effleure de mes lèvres son visage tout en longueur et ressens ce que j'avais éprouvé, enfant, lorsqu'on m'avait contraint d'embrasser ma grand-mère défunte, pour son enterrement. Varienka ne se contente pas de mon baiser : elle exécute une sorte de bond et me serre frénétiquement dans ses bras. C'est alors qu'à la porte de la gloriette apparaît la *maman** de Machenka... Elle a l'air effrayé, fait « chut ! » à quelqu'un et disparaît, tel Méphisto.

Enragé et confus, je retourne chez moi. J'y trouve la *maman** de Varienka, qui, les larmes aux yeux, embrasse *maman**, laquelle pleure et s'exclame :

— Je le désirais tant !

Puis – comment trouvez-vous le bouillon ? – la maman de Nadienka vient vers moi et m'étreint en disant :

— Dieu vous bénisse ! Mais attention : aime-la... Souviens-toi qu'elle se sacrifie pour toi...

Et voici qu'on me marie. Au moment où j'écris ces lignes, mes garçons d'honneur me harcèlent et me pressent. Ces gens ignorent décidément mon tempérament. C'est que je suis irascible et ne puis répondre de moi ! Sacrebleu, vous allez voir ce qui va se passer ! Mener à l'église un homme emporté, enragé, c'est aussi stupide, me semble-t-il, que de passer le bras dans la cage d'un tigre en furie. Nous verrons, nous verrons ce qui arrivera !

*
**

Me voilà marié. Tous me félicitent. Varienka se serre toujours contre moi, en disant :

— Comprends donc que tu es à moi, à présent ! À moi ! Dis-moi au moins que tu m'aimes ! Dis-le !

Et son nez se met à enfler.

Je tiens de mes garçons d'honneur que l'officier blessé a fort habilement su éviter l'hymen. Il a présenté à sa jeune fille multicolore un certificat médical attestant que sa blessure à la tempe lui valait d'être déficient mental. Aussi la loi lui interdit-elle le mariage. En voilà une bonne idée ! J'aurais pu, moi aussi, produire un certificat. Un de mes oncles buvait comme un trou, un autre était terriblement distrait (une fois, en place de sa toque, il s'est coiffé d'un manchon de dame), ma tante jouait beaucoup du piano et, quand elle voyait des hommes, elle leur tirait la langue. Sans parler de mon caractère au plus haut point irascible, ce qui constitue un symptôme des plus suspect. Mais pourquoi les bonnes idées vous viennent-elles si tard ? Pourquoi ?

Les nerfs

Dmitri Ossipovitch Vaksine, architecte de son état, rentra de la ville à sa datcha, plein des impressions toutes fraîches d'une séance de spiritisme à laquelle il venait de prendre part. Tandis qu'il se déshabillait et s'étendait sur sa couche solitaire (Mme Vaksina était partie au monastère de la Trinité), il ne put s'empêcher de se remémorer tout ce qu'il y avait vu et entendu. Il n'y avait pas eu de séance à proprement parler, simplement, la soirée s'était déroulée tout entière en conversations terrifiantes. Une demoiselle s'était soudain mise à parler de transmission de pensée. Puis on était passé insensiblement aux esprits, des esprits aux fantômes, et des fantômes aux enterrés vivants... Un monsieur avait lu un récit effroyable dans lequel un mort se retournait dans sa tombe. Vaksine lui-même avait demandé une soucoupe pour montrer à ces demoiselles la façon de converser avec les esprits. Il avait notamment invoqué celui de son oncle Claudius Mironovitch, lui demandant mentalement si le moment n'était pas venu pour lui de mettre sa maison au nom de sa femme. À quoi le tonton avait répondu : « Chaque chose en son temps. »

« Que de mystère et... d'épouvante dans la nature !... songeait Vaksine en se glissant sous sa couverture. Le plus terrifiant, ce ne sont pas les morts, mais l'inconnu... »

Une heure sonna. Vaksine se retourna dans son lit et risqua un coup d'œil par-dessous la couverture vers la petite flamme bleutée de la veilleuse d'icônes. Elle vacillait et éclairait à peine les images saintes ainsi que le grand portrait du tonton Claudius Mironytch[1], accroché en face du lit.

« Et si, dans cette semi-obscurité, l'ombre de l'oncle apparaissait soudain ? ne put s'empêcher de se demander Vaksine. Mais non ! Impossible ! »

Les fantômes n'étaient que préjugés, le fruit d'esprits immatures. Vaksine n'en rabattit pas moins la couverture sur sa tête, fermant plus fort les yeux. Son imagination esquissa la vision d'un cadavre se retournant dans sa tombe, puis vinrent le hanter les images de sa belle-mère défunte, d'un camarade qui s'était pendu, d'une jeune noyée... Vaksine voulut chasser de son esprit ces lugubres pensées mais, plus il y mettait d'énergie, plus les images se faisaient nettes et les idées plus terrifiantes. Il fut saisi d'effroi.

« Le diable sait ce que cela... Tu as peur comme un gamin... C'est stupide ! »

« Tic-tac... tic-tac... », répétait la pendule derrière la cloison. Le bedeau sonna la cloche à l'église du village, au milieu du cimetière. Un son mélancolique et lent, qui vous oppressait l'âme... Vaksine sentit un frisson glacé lui parcourir la nuque et l'échine. Il lui sembla que quelqu'un respirait lourdement au-dessus de lui, comme si le tonton avait quitté son cadre et se penchait sur son neveu... Une insoutenable terreur envahit Vaksine. Il serra les dents de peur, retint son souffle. Et lorsqu'un hanneton entra par la fenêtre ouverte et se

---

1. Abréviation familière du patronyme Mironovitch.

mit à bourdonner au-dessus de son lit, il n'y tint plus et, dans un geste de désespoir, tira la sonnette.

— Demetri Ossipytch, *was wollen Sie*[1] ? lança, un instant plus tard, derrière la porte, la voix de la gouvernante.

— Ah, c'est vous, Rosalia Karlovna ? fit Vaksine, réjoui. Pourquoi vous être dérangée ? Gavrila aurait bien pu...

— Le Kavrila, fous l'afez fous-même enfoyé au bourg. Et Glafira est partie hier soir... Il n'y a personne... *Was wollen Sie doch*[2] ?

— Eh bien, ma toute bonne, je voulais vous dire que... que... Mais entrez donc, n'ayez pas peur ! Je n'ai pas allumé...

Rosalia Karlovna, grosse femme aux joues rouges, entra dans la chambre et se figea, circonspecte.

— Asseyez-vous, ma toute bonne... Voici de quoi il retourne.

« Que pourrais-je bien lui demander ? » s'interrogeait Vaksine, lorgnant le portrait du tonton et sentant peu à peu le calme revenir en lui.

— En fait, voilà ce dont je voulais vous prier... Quand quelqu'un ira à la ville, demain, n'oubliez pas de commander des... d'acheter des tubes à cigarettes... Mais asseyez-vous donc !

— Des tubes à cigarettes ? Parfait ! *Was wollen Sie noch*[3] ?

— *Ich will...*[4] En fait, je ne *will* rien du tout. Simplement... Allez-vous vous asseoir, à la fin ? Laissez-moi le temps de réfléchir...

— Il n'est pas confenable pour une jeune fille de se

---

1. Que désirez-vous ? (all.)
2. Que voulez-vous donc ? (all.)
3. Que souhaitez-vous d'autre ? (all.)
4. Je veux... (all.)

troufer dans la chambre d'un homme... Fous êtes, Demetri Ossipytch, je le fois, un polisson... Fous fous moquez de moi... Je comprendre... On ne réfeille pas les gens en pleine nuit pour des tubes à cigarettes... Je bien comprendre...

Sur ce, Rosalia Karlovna tourna les talons et s'en fut. Quelque peu apaisé par sa conversation avec elle et honteux de sa pusillanimité, Vaksine ramena la couverture sur sa tête et ferma les yeux. Pendant une dizaine de minutes, il se sentit presque bien, mais les mêmes billevesées ne tardèrent pas à revenir le hanter... Il eut un hoquet de dépit, chercha des allumettes à tâtons et, sans ouvrir les yeux, alluma une chandelle. La lumière ne lui fut cependant d'aucun secours. Son imagination effrayée lui soufflait que quelqu'un l'épiait dans un coin de la chambre et que le portrait du tonton clignait des yeux.

— Je vais sonner encore une fois cette... sorcière... décida-t-il. Je lui dirai que je suis malade... Je lui demanderai mes gouttes.

Vaksine sonna. Il n'y eut pas de réponse. Il sonna à nouveau et, comme en écho, la cloche du cimetière tinta. Saisi d'effroi, glacé, il prit ses jambes à son cou, s'enfuit de sa chambre et, se signant, se tançant pour sa pusillanimité, vola littéralement, pieds nus et en linge de corps, jusqu'à la chambre de la gouvernante.

— Rosalia Karlovna ! commença-t-il d'une voix tremblante, en frappant à la porte. Rosalia Karlovna ! Vous... dormez ? Je... heu... je suis malade... Mes gouttes !

Pas de réponse. Le silence régnait alentour...

— Je vous en prie... vous comprenez ? Je vous en prie ! À quoi rime... de monter ainsi sur ses grands chevaux ? Je ne comprends pas... Surtout quand un homme est... malade ! Vrai, quelle mijaurée vous faites ! À votre âge...

— Moi dire fotre femme... Pas laisser tranquille honnête fille... Quand j'étais chez le baron Anzig et qu'il est fenu chez moi chercher des allumettes, je bien comprendre... Tout de suite je comprendre c'était quoi les allumettes et je dire madame la baronne... Honnête fille, moi...

— Ah, je m'en fiche bien de votre honnêteté ! Je suis malade... et je vous demande mes gouttes. Vous comprenez ? Je suis malade !

— Fotre femme honnête, bonne, fous defoir aimer elle. *Ja*[1] ! Elle noble ! Je pas fouloir être ennemie elle !

— Vous n'êtes qu'une sotte, voilà ! Vous comprenez ? Une sotte !

Vaksine s'adossa au chambranle, croisa les bras et attendit que sa peur se calmât. Il ne se sentait pas la force de regagner sa chambre où la veilleuse d'icônes clignotait et où le tonton le regardait depuis son cadre. D'un autre côté, rester planté à la porte de la gouvernante, en linge de corps qui plus est, était gênant à tous points de vue. Que faire ? Deux heures sonnèrent. Sa peur ne passait ni ne diminuait. Les ténèbres régnaient dans le couloir et, dans chaque coin, une chose obscure le guettait. Vaksine se tourna face au chambranle, mais il eut aussitôt l'impression que quelqu'un tirait doucement sa chemise par-derrière et lui effleurait l'épaule...

— Bon sang !... Rosalia Karlovna !

Toujours pas de réponse. Vaksine ouvrit timidement la porte et jeta un coup d'œil dans la chambre. La vertueuse Allemande dormait paisiblement. Une petite veilleuse éclairait ses formes rebondies, son corps respirant la santé. Vaksine entra et s'assit sur une malle d'osier près de la porte. La présence d'un être endormi mais vivant le réconforta un peu.

« Qu'elle dorme, la brave Teutonne... se dit-il. Je vais rester un moment et, dès l'aube, je m'en irai... Le jour se lève tôt, à présent. »

---

1. Oui ! (all.)

Dans cette attente, Vaksine se pelotonna sur la malle, passa un bras sous sa tête et entreprit de réfléchir.

« Ce que c'est que les nerfs, tout de même ! Un individu évolué, réfléchi, et malgré tout... quelles diaboliques âneries ! À vous faire honte... »

Prêtant l'oreille au souffle paisible et régulier de Rosalia Karlovna, il se sentit bientôt pleinement rassuré.

À six heures du matin, rentrant de la Trinité et ne trouvant pas son mari dans sa chambre, la femme de Vaksine alla chez la gouvernante lui demander de la monnaie pour payer le fiacre. En entrant dans la pièce, elle découvrit ce tableau : sur le lit, tous draps rejetés en raison de la chaleur, sommeillait Rosalia Karlovna et, à une sajène[1] de là, en chien de fusil sur une malle en osier, son mari dormait du sommeil du juste. Il était pieds nus et en linge de corps. Ce que dit la femme, et la belle mine que fit le mari lorsqu'il se réveilla, je laisse à d'autres le soin de le rapporter. Quant à moi, impuissant, je rends les armes.

---

1. Ancienne mesure équivalant à 2,13 mètres.

Polinka

Il est un peu plus d'une heure de l'après-midi. Aux « Nouveautés de Paris », une mercerie située dans un passage, le commerce bat son plein. On entend le bourdonnement monotone des commis, un bourdonnement qui rappelle celui de l'école, quand le maître fait répéter à tous les élèves en même temps une leçon à voix haute. Et ce bruit continu n'est rompu ni par le rire des dames, ni par le claquement de la porte vitrée du magasin, ni par les cavalcades des garçons de course.

Au milieu de la boutique se tient Polinka[1], petite blonde maigrichonne, fille de Maria Andreïevna qui tient une maison de mode. Elle cherche quelqu'un des yeux. Un gamin aux sourcils de jais se précipite vers elle et s'enquiert, en la regardant avec le plus grand sérieux :

— Que désirez-vous, madame ?

— C'est toujours Nikolaï Timofeïtch[2] qui s'occupe de moi, répond Polinka.

Le commis Nikolaï Timofeïtch, beau brun bien tourné, frisé, vêtu à la mode, une grosse épingle à sa cravate, a déjà fait de la place sur le comptoir. Il tend le cou et, tout sourires, contemple Polinka.

---
1. Un des diminutifs du prénom Pelagueïa (Pélagie).
2. Abréviation familière du patronyme Timofeïevitch.

— Pelagueïa Sergueïevna, mes respects ! crie-t-il d'une vigoureuse et belle voix de baryton. Je suis à vous...

— B'jour ! répond Polinka en s'approchant. Voyez, je reviens à vous. Trouvez-moi donc du passement.

— À quoi le destinez-vous ?

— C'est pour un soutien-gorge, pour le dos, bref, pour faire un ensemble.

— Tout de suite...

Nikolaï Timofeïtch présente à Polinka plusieurs sortes de passements ; elle choisit, nonchalante, et se met à marchander.

— Allons donc, un rouble, c'est donné ! assure le commis qui sourit, condescendant. C'est du passement français, du huit-brins... Mais si vous voulez, nous en avons de l'ordinaire, du gros... Celui-là est à quarante-cinq kopecks l'archine[1] mais, excusez du peu, ce n'est pas la même qualité !

— Il me faut également une longueur de jais, avec des boutons en passementerie, poursuit Polinka en se penchant sur la marchandise et, Dieu sait pourquoi, en poussant un soupir. Et puis, n'auriez-vous point des breloques de cette couleur ?

— Si fait, ma chère.

Polinka se penche encore plus au-dessus du comptoir et demande à voix basse :

— Pourquoi donc, Nikolaï Timofeïevitch, nous avez-vous quittés si tôt, jeudi dernier ?

— Hum... Je m'étonne que vous l'ayez remarqué, répond le commis avec un petit rire. Vous étiez si entichée de ce jeune monsieur l'étudiant que... curieux que vous vous en soyez aperçue !

Polinka s'empourpre et n'ajoute rien. Le commis,

---
1. Ancienne mesure de longueur équivalant à 0,71 mètre.

dont les doigts tremblent nerveusement, referme les boîtes et, sans aucune nécessité, entreprend de les empiler. Une minute s'écoule en silence.

— J'ai également besoin de dentelles de perle, reprend Polinka, en levant sur le commis des yeux coupables.

— Lesquelles vous faut-il ? Le tulle rebrodé, en noir et en couleur, est le plus à la mode.

— Vous le faites à combien ?

— Le noir à partir de quatre-vingts kopecks, celui en couleur à deux roubles cinquante. Quant à moi, ma chère, je ne remettrai pas les pieds chez vous, ajoute Nikolaï Timofeïevitch à mi-voix.

— Pourquoi donc ?

— Pourquoi ? C'est très simple. Vous devez vous-même le comprendre. En quel honneur devrais-je être au supplice ? Vous êtes drôle ! Vous croyez peut-être qu'il m'est agréable de voir cet étudiant faire le joli cœur auprès de vous ? Je vois tout, vous savez, je comprends tout. Il vous courtise comme un fou depuis l'automne et vous allez en promenade presque tous les jours avec lui. Et lorsqu'il vient en visite chez vous, vous le buvez littéralement des yeux, à croire que c'est un ange. Vous en êtes entichée, pour vous il surpasse tous les autres. Eh bien parfait, à quoi sert de discuter ?...

Polinka ne dit rien. Elle promène un doigt confus sur le comptoir.

— Je vois absolument tout, poursuit le commis. Quelle raison aurais-je de fréquenter chez vous ? J'ai de l'amour-propre. Tout le monde n'apprécie pas d'être la cinquième roue du carrosse. Au fait, que me demandiez-vous ?

— Maman m'avait prié de lui prendre deux ou trois choses mais je ne sais plus quoi. Il me faut aussi une bordure de plumes.

— Quel genre ?

— Ce qu'il y a de mieux, de plus à la mode.

— La mode est aux plumes d'oiseaux. Pour les couleurs, si vous le souhaitez, la mode est à présent à l'héliotrope ou canaque, autrement dit bordeaux mêlé de jaune. Nous avons un très grand choix. Où va mener toute cette histoire, je n'en sais décidément rien. Vous vous êtes amourachée, bon ! Mais comment cela va-t-il finir ?

Des marques rouges sont apparues sur le visage de Nikolaï Timofeïevitch, près de ses yeux. Il froisse entre ses doigts un ruban délicat, duveteux, en continuant de marmonner :

— Vous vous figurez qu'il vous épousera, c'est ça ? Là-dessus, laissez vos illusions. Les étudiants n'ont pas le droit de se marier, et puis croyez-vous donc qu'il fréquente chez vous pour le bon motif ? Allons ! Ces fichus étudiants, sachez-le, ne nous tiennent pas pour des êtres humains... Ils ne fréquentent chez les marchands et les modistes que pour se gausser de notre manque d'instruction et pour les beuveries. Ils auraient honte de boire chez eux ou dans de bonnes maisons, alors que chez les gens simples, peu instruits comme nous, y a pas de gêne à avoir, ils peuvent même marcher sur la tête, si ça leur chante ! Eh oui, ma chère ! Bon, quelles plumes prendrez-vous ? Et s'il vous courtise et feint de vous aimer, on sait ce que cela veut dire... Quand il sera docteur ou avocat, ça lui fera des souvenirs : « Hé-hé, racontera-t-il, j'ai eu autrefois une de ces petites blondes ! Où peut-elle être aujourd'hui ? » Aussi bien se vante-t-il déjà, dans son monde d'étudiants, de guigner une jeune modiste, je ne vous dis que ça !

Polinka s'assied sur une chaise et contemple, rêveuse, la montagne de boîtes blanches.

— Non, finalement, je ne prendrai pas de plumes ! soupire-t-elle. Que maman choisisse celles qu'elle veut, je ne vais pas risquer de me tromper. Donnez-moi six archines de franges pour un diplomate, à quarante kopecks l'archine. Il me faut également, toujours pour le diplomate, des boutons en coco, avec les trous en travers... pour qu'ils tiennent mieux...

Nikolaï Timofeïevitch empaquette franges et boutons. Elle le fixe d'un air coupable et attend manifestement qu'il continue de parler, mais il garde un silence maussade en rangeant les plumes.

— Je ne dois pas oublier non plus des boutons pour une robe de chambre, reprend-elle après un instant de silence, en essuyant de son mouchoir ses lèvres pâles.

— Lesquels vous faut-il ?

— Nous cousons pour une marchande, il faut donc quelque chose qui sorte de l'ordinaire...

— Oui, pour une marchande, il faut du bariolé. Voici vos boutons, ma chère. Un mélange de bleu, de rouge, sans parler du doré, terriblement à la mode. C'est tout ce qu'il y a de voyant. Les personnes plus délicates nous prennent, elles, du noir mat, avec juste un petit liseré brillant. Toutefois je ne comprends pas : n'avez-vous donc pas de jugeote ? Allons, à quoi vous mèneront ces... promenades ?

— Je ne sais pas moi-même... murmure Polinka en se penchant sur les boutons. Je ne sais pas moi-même ce qui m'arrive, Nikolaï Timofeïevitch.

Derrière Nikolaï Timofeïevitch, le coinçant contre le comptoir, se glisse un imposant commis, avec des favoris. Rayonnant de la plus exquise galanterie, il crie :

— Ayez la bonté, madame, de venir à notre rayon ! Nous avons trois modèles de corsages en jersey : simples, avec soutache et avec garniture de perles ! Lequel préférez-vous ?

Cependant, une grosse dame passe devant Polinka et dit d'une voix grave et profonde, presque une voix de basse :

— Attention, je les veux sans couture, s'il vous plaît, tricotés et avec le plomb de la douane !

— Faites mine de regarder la marchandise, murmure Nikolaï Timofeïtch en se penchant vers Polinka et en lui adressant un sourire contraint. Seigneur Dieu, vous êtes livide, vous avez l'air malade, vous êtes toute retournée ! Il vous abandonnera, Pelagueïa Sergueïevna ! Et s'il vous épouse jamais, ce ne sera pas par amour, mais parce qu'il criera famine et guignera votre argent. Il montera bien son ménage sur votre dot, puis il aura honte de vous. Il vous cachera à ses hôtes et camarades, parce que vous manquez d'instruction. Ma gourde, voilà ce qu'il dira de vous ! Vous prétendriez-vous capable de vous tenir comme il faut dans une société de docteurs ou d'avocats ? Pour eux, vous n'êtes qu'une modiste, une pauvre créature ignare !

— Nikolaï Timofeïevitch, crie quelqu'un à l'autre bout du magasin. Mademoiselle voudrait trois archines de ruban à picot. Nous en avons ?

Nikolaï Timofeïevitch se détourne, se compose un visage et répond d'une voix forte :

— Nous en avons, en effet ! Nous avons du ruban à picot, de l'ottoman satiné et du satin moiré !...

— Au fait, que je n'oublie pas : Olia m'a priée de lui prendre un corset, dit Polinka.

— Vous avez... les larmes aux yeux ! constate Nikolaï Timofeïevitch, effrayé. Pourquoi ? Allons voir les corsets, vous vous cacherez derrière moi... C'est gênant...

Avec un sourire forcé et un air faussement dégagé, le commis entraîne rapidement Polinka vers le rayon des corsets, la dissimulant au public derrière une haute pyramide de boîtes...

— Quel corset désirez-vous ? demande-t-il d'une voix forte, en murmurant aussitôt : Séchez vos yeux !

— Je veux... du quarante-huit ! Seulement, elle le souhaite double, s'il vous plaît, avec une doublure... des baleines véritables... Je dois vous parler, Nikolaï Timo-feïevitch. Venez tantôt !

— Me parler de quoi ? Il n'y a rien à dire.

— Vous seul... m'aimez, en dehors de vous je n'ai personne à qui parler.

— Pas de jonc ni d'os, de la vraie baleine... Parler de quoi ? Il n'y a rien à dire... Car vous irez, aujourd'hui, vous promener avec lui ?

— Je... j'irai, oui.

— Alors de quoi pourrions-nous bien parler ? Toute discussion est inutile... Vous en êtes entichée, n'est-ce pas ?

— Oui... murmure Polinka, hésitante, tandis que de grosses larmes jaillissent de ses yeux.

— Qu'aurions-nous à nous dire ? marmonne Nikolaï Timofeïevitch, en haussant les épaules, irrité, et en pâlissant. Il n'y a pas à discuter... Séchez vos yeux, voilà tout. Je... je ne veux rien...

C'est alors qu'un long et maigre commis s'approche de la pyramide de boîtes, en disant à sa cliente :

— Peut-être voudriez-vous un bel élastique de jarretière, qui ne coupe pas la circulation et est recommandé par la Faculté ?...

Nikolaï Timofeïevitch masque Polinka et, s'efforçant de dissimuler leur trouble à tous deux, grimace un sourire, puis lance d'une voix forte :

— Nous avons deux sortes de dentelles, madame ! En coton et en soie ! Orientales, bretonnes, valenciennes, crochet, étamine, voilà pour le coton. Et pour la soie : rococo, soutache, cambrai... Pour l'amour du Ciel, séchez vos larmes ! On vient !

Et, voyant que ses larmes continuent de couler, il reprend de plus belle :

— Espagnoles, rococo, soutache, cambrai... Bas en fil d'Écosse, en coton, en soie...

Un drame

— Pavel Vassilitch[1], il y a là une dame qui vous demande, annonça Louka. Ça fait bien une heure qu'elle attend...

Pavel Vassilievitch venait d'achever son petit déjeuner. Entendant parler d'une dame, il se renfrogna et dit :

— Envoie-la au diable ! Réponds que je suis occupé.

— C'est la cinquième fois qu'elle vient, Pavel Vassilitch. Elle dit qu'elle a absolument besoin de vous voir... Elle est au bord des larmes.

— Hum... C'est bon, conduis-la dans mon cabinet.

Pavel Vassilievitch enfila sans hâte sa redingote, il prit une plume dans une main, un livre dans l'autre et, feignant d'être très occupé, gagna son cabinet de travail. La visiteuse s'y trouvait déjà, grande et forte femme au visage rougeaud, charnu, portant lunettes : un air des plus respectable et une mise plus que convenable (elle avait une tournure à quatre bourrelets et un petit chapeau tout en hauteur, sur lequel était perché un oiseau roux). À la vue du maître de maison, elle roula des yeux blancs et joignit les mains en un geste suppliant.

— Naturellement, vous ne vous souvenez pas de moi,

---
1. Abréviation familière du patronyme Vassilievitch.

commença-t-elle d'une voix de ténor assez aiguë, visiblement émue. Je... j'ai eu le plaisir de faire votre connaissance chez les Khroutski... Je m'appelle Mourachkina.

— A-a-ah !... Hum... Prenez place ! Que puis-je pour vous ?

— Voyez-vous, je... je... poursuivit la dame, en s'asseyant, de plus en plus émue. Vous ne vous souvenez pas de moi... Mourachkina... Voyez-vous, je suis une de vos grandes admiratrices et me délecte à lire vos articles... N'y voyez aucune flatterie, mon Dieu non ! je ne fais qu'exprimer ce qui vous revient de droit... Je ne manque jamais de vous lire. Jamais ! La condition d'auteur ne m'est d'ailleurs pas tout à fait étrangère... certes... heu... je n'aurais pas l'audace de me prétendre écrivain, mais... j'apporte, malgré tout, ma goutte de miel à la ruche... J'ai publié, à divers moments, trois récits pour enfants... que vous n'avez pas lus, bien sûr... j'ai beaucoup traduit et... et feu mon frère travaillait à *la Cause*.

— Parfait... Heu-eu... Que puis-je pour vous ?

— Voyez-vous... (La Mourachkina baissa les yeux et rosit.) Je connais votre talent... vos opinions, Pavel Vassilievitch, et j'aimerais avoir votre sentiment ou, plus exactement... vous demander conseil. Je... je dois vous dire que, *pardon pour l'expression**, je viens d'accoucher d'un drame et, avant de l'envoyer à la Censure, je souhaiterais avoir votre avis.

Nerveusement, avec un air d'oiseau captif, la Mourachkina fouilla dans son vêtement et en retira un grand et gros cahier graisseux.

Pavel Vassilievitch n'aimait que ses propres articles ; ceux des autres, lorsqu'il se trouvait dans l'obligation de les lire ou de les entendre, lui donnaient toujours l'impression de canons braqués droit sur lui. À la vue du cahier, il prit peur et s'empressa de dire :

— Bien, laissez-le-moi... je le lirai...

— Pavel Vassilievitch ! reprit la Mourachkina d'un ton languide, en se levant et en joignant les mains, suppliante. Je sais, vous êtes occupé... chaque minute vous est précieuse. Je sais aussi qu'en cet instant, au fond de vous, vous m'envoyez aux cent mille diables, mais... faites-moi cette grâce, acceptez que je vous lise mon drame dès à présent... Vous serez un amour !

— J'en serais très heureux, bredouilla Pavel Vassilievitch, cependant, madame, je... je suis occupé... Il me faut... je dois sortir.

— Pavel Vassilievitch ! gémit la dame dont les yeux s'emplirent de larmes. Je vous demande un sacrifice ! Je suis effrontée, je suis importune, mais soyez magnanime ! Je pars demain pour Kazan et j'aimerais connaître votre avis aujourd'hui. Accordez-moi une demi-heure d'attention... rien qu'une demi-heure ! Je vous en conjure !

Pavel Vassilievitch était, en réalité, une chiffe molle, il ne savait pas refuser. Quand il lui parut que la dame allait éclater en sanglots et se mettre à genoux, il perdit les pédales et bafouilla, désorienté :

— Bon, chère madame, je vous en prie... Je vous écoute. Pour une demi-heure, je suis prêt.

La Mourachkina eut un petit cri joyeux, elle ôta son chapeau et, s'installant confortablement, se mit à lire. Cela commençait par un valet et une femme de chambre qui, en époussetant un luxueux salon, évoquaient longuement la jeune fille de la maison, Anna Sergueïevna, laquelle avait fait don à son village d'une école et d'un hôpital. Puis, le valet sortait et la femme de chambre se lançait dans un monologue sur le thème : l'instruction est lumière, l'ignorance ténèbres. Ensuite, la Mourachkina ramenait le valet de chambre au salon et mettait dans sa bouche une longue tirade sur son maître, un général qui ne supportait pas les idées de sa fille et s'apprêtait à la marier à un riche gentilhomme de la chambre ; il trouvait en outre que le salut du peuple résidait dans sa complète ignorance. Les domestiques sortis, venait la jeune maîtresse elle-même ; elle déclarait au spectateur qu'elle n'avait pas dormi de la nuit, tant elle avait pensé à Valentin Ivanovitch, le fils d'un pauvre instituteur qui aidait si généreusement son père malade. Valentin avait étudié toutes les sciences mais ne croyait ni à l'amitié ni à l'amour, il n'avait pas de but dans la vie et voulait mourir, ce qui contraignait la demoiselle à tout faire pour le sauver.

Pavel Vassilievitch écoutait, songeant avec regret à son divan. Il détaillait hargneusement la Mourachkina dont la voix de ténor lui heurtait douloureusement les tympans, il ne comprenait rien à ce qu'elle racontait, et se disait :

« Quelle diabolique engeance t'a amenée ici ?... J'ai bien besoin d'entendre tes âneries !... Est-ce ma faute à moi si tu as décidé d'écrire un drame ? Seigneur, ce cahier est énorme ! Parlez d'un châtiment ! »

Pavel Vassilievitch leva les yeux sur le pan de mur entre les fenêtres, où était accroché un portrait de sa femme, et se rappela qu'elle lui avait demandé d'acheter et de rapporter à la datcha cinq archines de ruban de coton, une livre[1] de fromage et de la poudre dentifrice.

« Pourvu que je n'aie pas perdu l'échantillon de ruban, songea-t-il. Où l'ai-je fourré ? Dans mon veston bleu, je crois... Tiens, ces saletés de mouches ont tout de même réussi à semer de points de suspension le portrait de ma femme. Il faudra dire à Olga de nettoyer le verre... Elle en est à la scène XII, donc la fin du premier acte n'est pas loin. Peut-on trouver l'inspiration par cette chaleur, surtout quand on a la corpulence de

---

1. Ancienne mesure de poids équivalant à 409,5 grammes.

ce morceau de barbaque ? À quoi lui sert d'écrire des drames ? Elle ferait mieux de manger un potage glacé et de s'offrir un somme à la cave... »

— Vous ne trouvez pas ce monologue un peu long ? s'enquit soudain la Mourachkina en levant les yeux.

Pavel Vassilievitch n'avait pas entendu le monologue. Il se troubla et dit d'un ton coupable, comme si ce n'était pas la dame mais lui qui l'avait écrit :

— Non, non, pas du tout... C'est très charmant...

La Mourachkina rayonna de bonheur et reprit sa lecture :

— « *Anna*. L'analyse vous a dévoré. Vous avez trop tôt cessé de vivre par le cœur, vous en remettant entièrement à la raison. *Valentin*. Qu'est-ce que le cœur ? Une notion anatomique. En tant que terme convenu pour désigner ce qu'on appelle les sentiments, je ne le reconnais point. *Anna* (troublée). Et l'amour ? Est-il donc, là encore, le produit d'une association d'idées ? Parlez franc : avez-vous jamais aimé ? *Valentin* (amer). Ne rouvrons pas d'anciennes blessures encore mal refermées. (Un silence.) À quoi pensez-vous ? *Anna*. Je crois que vous êtes malheureux. »

Au cours de la scène XVI, Pavel Vassilievitch bâilla et ses dents produisirent inopinément le même son que les mâchoires d'un chien qui chasse les mouches. Il s'effraya de ce bruit incongru et, pour le masquer, prit un air d'attention touchante.

« Scène XVII... Quand cela finira-t-il ? se dit-il. Ô mon Dieu ! Si ce tourment dure dix minutes de plus, j'appelle la garde !... C'est intolérable ! »

Enfin, la dame se mit à lire de plus en plus vite et fort, sa voix monta d'un ton et elle annonça : « Rideau. »

Pavel Vassilievitch émit un discret soupir. Il s'apprêtait à se lever, quand la Mourachkina tourna une page et reprit :

— « Acte II. La scène représente une rue de village. À droite l'école, à gauche l'hôpital. Sur le perron de ce dernier sont assis villageois et villageoises. »

— Pardonnez-moi... coupa Pavel Vassilievitch. Il y a combien d'actes ?

— Cinq, répondit la Mourachkina et, aussitôt, comme si elle craignait que son auditeur ne s'en fût, elle poursuivit précipitamment : « Valentin regarde par la fenêtre de l'école. Au fond de la scène, on voit des villageois porter leurs maigres effets à l'estaminet. »

Tel un condamné à mort n'ayant pas l'espoir d'une grâce, Pavel Vassilievitch n'attendait même plus la fin, il n'espérait plus rien, s'efforçant simplement d'empêcher ses yeux de se fermer et de garder sur son visage un air attentif... L'avenir – le moment où la dame terminerait son drame et s'en irait – lui semblait si lointain qu'il refusait d'y penser.

— Tra-ta-ta... tra-ta-ta... faisait la voix de la Mourachkina à son oreille. Tra-ta-ta... Z-z-z-z...

« J'ai oublié de prendre du bicarbonate, songea-t-il. Qu'est-ce que je raconte ? Oui, le bicarbonate... Je dois avoir une gastrite... C'est tout de même curieux : Smirnovski s'enfile de la vodka à longueur de journée, et il n'en a jamais souffert... Tiens, un oiseau vient de se percher sur la fenêtre... Un moineau... »

Pavel Vassilievitch fit un effort pour soulever ses paupières lourdes, il bâilla sans ouvrir la bouche et jeta un coup d'œil à la Mourachkina. Celle-ci lui parut s'embrumer, elle vacilla devant lui, il crut soudain lui voir trois têtes qui allèrent heurter le plafond...

— « *Valentin.* Non, laissez-moi partir... *Anna* (effrayée). Pourquoi ? *Valentin* (à part). Elle a pâli ! (à Anna). Ne m'obligez pas à vous en avouer le motif. Je préférerais mourir. *Anna* (après un silence). Vous ne pouvez pas partir... »

La Mourachkina se mit à gonfler, à enfler jusqu'à devenir gigantesque et se fondit dans l'air gris du cabinet ; on ne voyait plus que ses lèvres en mouvement. Puis, elle rapetissa soudain aux dimensions d'une bouteille, oscilla et, en même temps que la table, s'évanouit dans les profondeurs de la pièce...

— « *Valentin* (serrant Anna dans ses bras). Tu m'as ressuscité, tu as donné un sens à ma vie ! Tu m'as régénéré, comme l'ondée printanière régénère la terre réveillée ! Mais... il est trop tard, trop tard ! Un mal incurable ronge ma poitrine... »

Pavel Vassilievitch sursauta et fixa sur la Mourachkina des yeux vagues, troubles ; il la regarda un instant sans bouger, comme s'il ne comprenait rien...

— « Scène XI. Les mêmes, le baron et le commissaire avec les témoins... *Valentin*. Emmenez-moi ! *Anna*. Je suis à lui ! Emmenez-moi aussi ! Oui, emmenez-moi ! Je l'aime, je l'aime plus que ma vie ! *Le baron*. Anna Sergueïevna, vous oubliez qu'ainsi vous tuez votre père... »

La Mourachkina se remit à enfler... Jetant des coups d'œil hagards autour de lui, Pavel Vassilievitch se leva, poussa un cri rauque, sauvage, saisit sur son bureau un lourd presse-papiers et, perdant la raison, l'abattit de toutes ses forces sur la tête de la Mourachkina...

— Ligotez-moi, je l'ai tuée ! dit-il, un instant plus tard, aux domestiques accourus.

Le jury l'acquitta.

La maison de la mezzanine

Récit d'un peintre

I

C'était il y a six ou sept ans. Je vivais alors dans un district de la province de T..., au domaine de Bielokourov, jeune propriétaire terrien qui se levait de fort bon matin, se promenait en poddiovka[1], passait ses soirées à boire du vin et ne cessait de se lamenter auprès de moi que personne, nulle part, ne montrait de sympathie à son endroit. Il vivait dans un pavillon du jardin, tandis que j'occupais, dans la vieille maison de maître, la gigantesque salle à colonnes, dont les seuls meubles étaient un vaste divan sur lequel je dormais et une table sur laquelle je faisais des réussites. Même par temps calme, on entendait ronfler les vieux poêles Amossov et, les jours d'orage, la maison tremblait tout entière, on eût dit qu'elle allait voler en éclats ; lorsque, la nuit surtout, les dix grandes fenêtres s'illuminaient soudain d'éclairs, on ne pouvait s'empêcher d'avoir un peu peur.

Voué par le sort à une perpétuelle oisiveté, je ne faisais absolument rien. Je contemplais, des heures durant, par les fenêtres, le ciel, les oiseaux, les allées,

---

1. Sorte de pardessus plissé à la taille.

je lisais tout ce qu'on m'apportait de la poste, je dormais. Il m'arrivait aussi de quitter la maison et d'errer à l'aventure jusqu'à une heure tardive.

   Un jour que je rentrais chez moi, je me retrouvai par mégarde dans une propriété inconnue. Le soleil déclinait et les ombres du soir s'étendaient sur les seigles en fleur. Deux rangées de vieux sapins, plantés serrés, très hauts, se dressaient, pareils à deux murs pleins, formant une belle allée lugubre. Je franchis sans peine la haie vive et empruntai cette allée, glissant sur les aiguilles qui recouvraient le sol sur un bon pouce[1] d'épaisseur. Tout était calme et sombre, seule palpitait çà et là, sur les cimes, une vive lumière d'or, irisant les toiles d'araignée. Les aiguilles de sapin exhalaient une odeur puissante, presque suffocante. Je tournai ensuite dans une longue allée de tilleuls. Là aussi, tout n'était qu'abandon et délabrement. Le feuillage de l'année précédente crissait tristement sous les pas et, dans le crépuscule, des ombres se nichaient entre les arbres. À main droite, dans un vieux verger, un loriot, tout aussi vieux sans doute, chantait d'une voix faible, à contrecœur eût-on dit. J'arrivai au bout des tilleuls et longeai une maison blanche à terrasse et mezzanine, puis à mes yeux s'offrit brusquement le spectacle d'une belle esplanade, d'un vaste étang doté d'une baignade, d'une masse de saules verts et, sur l'autre rive, d'un village dont le clocher, haut et pointu, était surmonté d'une croix flamboyante où se reflétait le soleil couchant. Je fus un instant sous le charme d'une chose proche, familière, comme si j'avais déjà vu ce paysage autrefois, dans mon enfance.

   Près des portes de pierre blanche qui menaient de l'esplanade dans la campagne, près des vieilles et solides portes ornées de lions, se tenaient deux jeunes filles.

---

[1]. Ancienne mesure équivalant à 4,4 centimètres.

L'une, plus âgée, fine et pâle, fort belle, avec la masse épaisse de ses cheveux châtains, sa petite bouche têtue, arborait une mine sévère et fit à peine attention à moi ; l'autre, en revanche, encore toute jeunette – elle devait avoir dix-sept ou dix-huit ans, guère plus –, fine et pâle elle aussi, avec une grande bouche et de grands yeux, me regarda, étonnée, lorsque je passai devant elles, elle dit quelques mots en anglais, puis se troubla, et il me parut là encore que ces deux charmants minois m'étaient depuis longtemps familiers. Je rentrai chez moi avec le sentiment d'avoir fait un beau rêve.

Peu de temps après, un jour, à midi, alors que je me promenais aux abords de la maison en compagnie de Bielokourov, un cabriolet, dans un froufroutement d'herbe, entra soudain dans la cour. Une des jeunes filles s'y trouvait. C'était l'aînée. Elle apportait une liste de souscription en faveur des victimes des incendies. Sans nous regarder, elle nous fit un rapport des plus grave et circonstancié sur le nombre de maisons qui avaient brûlé au bourg de Sianovo, d'hommes, de femmes et d'enfants restés sans abri. Elle nous dit ce que le comité de secours aux victimes, dont elle était membre, avait prévu dans un premier temps. Après que nous eûmes souscrit, elle rangea sa liste et se prépara à repartir aussitôt.

— Vous nous avez définitivement oubliées, Piotr Petrovitch, dit-elle à Bielokourov en lui tendant la main. Venez nous voir, et si *Monsieur N...** (elle prononça mon nom) veut voir comment vivent ses admiratrices et nous fait l'honneur d'une visite, maman et moi en serons ravies.

Je m'inclinai.

Lorsqu'elle fut partie, Piotr Petrovitch entreprit de me raconter. À l'en croire, c'était une jeune fille de bonne famille. Elle s'appelait Lidia Voltchaninova et le domaine où elle vivait en compagnie de sa mère et de sa sœur, de même que le village de l'autre côté de l'étang, avait nom Chelkovka. Son père avait occupé autrefois un poste en vue à Moscou et était mort au rang de conseiller secret. Malgré de confortables moyens, les Voltchaninov demeuraient à la campagne hiver comme été, Lidia était institutrice à l'école du zemstvo[1] de Chelkovka et touchait vingt-cinq roubles par mois. Elle ne dépensait pour elle-même que cet argent et s'enorgueillissait de subvenir à ses besoins.

— Une famille intéressante, conclut Bielokourov. Peut-être leur ferons-nous une visite, un de ces jours. Elles seront heureuses de vous voir.

C'est ainsi qu'un dimanche, après le déjeuner, nous nous rappelâmes les Voltchaninov et nous rendîmes à Chelkovka. La mère et ses deux filles étaient chez elles. La mère, Ekaterina Pavlovna, qui avait dû être belle, était à présent fort empâtée pour son âge, elle était asthmatique, triste, distraite. Elle s'efforça pourtant de me parler peinture. Tenant de sa fille que je viendrais peut-être à Chelkovka, elle s'était remémorée en hâte deux ou trois de mes paysages, vus à des expositions de Moscou, et me demandait à présent ce que j'avais voulu y exprimer. Lidia ou, comme on disait chez elle, Lida, s'entretenait surtout avec Bielokourov. La mine grave, sans un sourire, elle lui demandait pourquoi il n'entrait pas dans l'administration du zemstvo et n'était jamais allé à aucune de ses assemblées.

— Ce n'est pas bien, Piotr Petrovitch, lui dit-elle avec reproche. Ce n'est pas bien. Vous devriez avoir honte.

— C'est juste, Lida, c'est juste, approuvait sa mère. Ce n'est pas bien.

— Tout notre district est aux mains de Balaguine, poursuivit Lida en se tournant vers moi. Il est lui-même

---

1. Assemblée d'autogestion locale, créée en 1864.

président de la commission permanente et il a distribué toutes les fonctions locales à ses neveux et à ses gendres. Il fait la pluie et le beau temps. Il faut se battre. Les jeunes doivent former un parti puissant, mais voyez comment sont nos jeunes ! C'est honteux, Piotr Petrovitch !

Tout le temps que la conversation roula sur le zemstvo, la cadette, Jenia, resta silencieuse. Elle ne prenait pas part aux discussions sérieuses, sa famille ne la tenait pas pour adulte et, comme une petite fille, on l'appelait Missiouss, parce que, dans son enfance, elle appelait ainsi la *miss*, sa gouvernante anglaise. Elle ne cessait de m'observer d'un œil curieux et, lorsque je regardai leur album de photographies, elle m'expliqua : « C'est mon oncle... Et voici mon parrain », en suivant les portraits du doigt et en laissant, telle une enfant, son épaule frôler la mienne, ce qui me permit de voir sa poitrine menue, encore adolescente, ses frêles épaules, sa tresse et son corps maigriot, étroitement sanglé dans une ceinture.

Nous jouâmes au croquet et au *lown-tennis*[1], nous promenâmes dans le parc, prîmes le thé, puis soupâmes longuement. Après la gigantesque salle vide à colonnes, je me sentais bien dans cette douillette petite maison, où il n'y avait pas de chromos aux murs et où l'on vouvoyait les domestiques. Tout m'y semblait jeune et pur, grâce à la présence de Lida et de Missiouss, tout y respirait l'honnêteté. Au cours du souper, Lida relança la conversation avec Bielokourov sur le zemstvo, Balaguine, les bibliothèques scolaires. C'était une jeune fille vive et sincère, convaincue, intéressante à écouter, bien qu'elle parlât d'une voix forte et d'abondance – peut-être était-ce l'habitude de l'école. Mon Piotr Petrovitch, en

---

1. En anglais dans le texte.

revanche, qui avait pourtant gardé de ses années d'études la manie de tout faire tourner à la dispute, se révélait ennuyeux, terne et verbeux, avec le désir évident de jouer à l'homme intelligent et d'avant-garde. À force de gesticulations, il renversa la saucière d'un coup de manche, et une grande flaque se forma sur la nappe, mais nul, à part moi, ne parut s'en apercevoir.

Nous rentrâmes dans le silence et l'obscurité.

— La bonne éducation consiste non pas à ne pas renverser la sauce sur la nappe, mais à ne pas ciller si cela arrive à quelqu'un, soupira Bielokourov. Vraiment, c'est une belle et distinguée famille. Je me sens à la traîne de ces braves gens, oh, vraiment à la traîne ! Mais j'ai tant à faire ! Tant à faire !

Il énuméra les efforts que représentait le désir d'être un propriétaire modèle. Je songeais à part moi : quel type paresseux et pesant ! Lorsqu'il parlait sérieusement de quelque chose, il multipliait sans fin les « heu-heu-heu ! » et travaillait de la même façon : lentement, toujours en retard, dépassant tous les délais. Je ne croyais guère à son efficacité, car les lettres que je le priais de porter à la poste traînaient des semaines entières dans sa poche.

— Le plus dur, marmonnait-il, marchant à mes côtés, le plus dur est de travailler sans rencontrer nulle part aucune sympathie. Aucune !

II

Je commençai à fréquenter chez les Voltchaninov. Je m'asseyais d'ordinaire sur la première marche de la terrasse ; j'étais mécontent de moi, à m'en rendre malade, je déplorais que ma vie s'écoulât aussi rapidement et fût à ce point dénuée d'intérêt. Je rêvais de pouvoir arracher de ma poitrine ce cœur qui m'était devenu si pesant. Cependant, on parlait sur la terrasse, j'entendais le froufrou de robes, de pages d'un livre qu'on feuilletait. Je sus bientôt que, dans la journée, Lida recevait des malades, qu'elle distribuait des livres et partait souvent au village, tête nue sous son ombrelle ; le soir, elle évoquait d'une voix forte le zemstvo, les écoles. Cette jeune fille, jolie et fine, à la mine invariablement sévère, avec sa petite bouche élégamment dessinée, ne manquait pas, chaque fois qu'elle entamait une conversation sérieuse, de me jeter sèchement :

— Pour vous, cela n'a aucun intérêt.

Je ne lui étais pas sympathique. Je ne lui plaisais pas parce que j'étais paysagiste, que je ne peignais pas la misère du peuple et que, lui semblait-il, ce en quoi elle croyait si fort me laissait indifférent. Il me revient qu'un jour, au bord du Baïkal, j'avais croisé une jeune Bouriate, en chemise et pantalons de cotonnade bleue, à cheval ; je lui avais demandé si elle accepterait de me vendre sa pipe et, tandis que nous parlions, elle avait contemplé d'un œil méprisant mon visage d'Européen ainsi que mon chapeau. Tout soudain, elle en avait eu assez de ma conversation et, d'un cri, avait lancé son cheval au galop. De la même façon, Lida méprisait en moi l'étranger. Rien, en apparence, ne montrait ses mauvaises dispositions à mon endroit, mais je les sentais et, assis sur la première marche de la terrasse, j'en étais irrité et disais que soigner les paysans sans être médecin revenait à les tromper, et qu'il était aisé d'être charitable lorsqu'on possédait deux mille dessiatines[1] de terre.

Sa sœur, Missiouss, ignorait ces soucis et sa vie s'écoulait dans la même perpétuelle oisiveté que la mienne. Le matin, sitôt levée, elle prenait un livre et

---

1. Ancienne mesure équivalant à 1,0925 hectare.

lisait sur la terrasse, dans un fauteuil si profond que ses pieds touchaient à peine le sol, ou allait se cacher avec son livre dans l'allée de tilleuls, ou encore franchissait le portail et partait à travers champs. Elle lisait toute la journée, dévorant son livre et, seuls, son regard parfois las, égaré, et la pâleur de son visage laissaient deviner combien cette lecture lui fatiguait l'esprit. En m'apercevant, elle s'empourprait légèrement, abandonnait son livre et, me fixant de ses grands yeux, me racontait avec animation les derniers événements : par exemple, qu'il y avait eu un feu de cheminée dans les communs ou qu'un ouvrier avait pris un gros poisson dans l'étang. Elle portait, les jours de semaine, un léger chemisier clair et une jupe bleu foncé. Nous nous promenions tous les deux, cueillions des cerises pour les confitures, faisions de la barque et, lorsqu'elle sautait pour saisir une cerise ou qu'elle maniait les rames, ses bras menus, fragiles, transparaissaient à travers ses larges manches. Il arrivait aussi que je travaille à quelque étude et elle se postait près de moi pour regarder, admirative.

Un dimanche, à la fin de juillet, j'arrivai dès le matin, sur le coup de neuf heures, chez les Voltchaninov. Je me promenai dans le parc, demeurant à bonne distance de la maison, cherchant des mousserons, fort nombreux cet été-là, et marquant les emplacements où j'en trouvais, afin de les ramasser plus tard avec Jenia. Une agréable brise soufflait. Je vis Jenia et sa mère, en robes claires des dimanches, revenir de l'église. Jenia retenait son chapeau pour l'empêcher de s'envoler. Puis, je les entendis prendre le thé sur la terrasse.

Pour un homme désœuvré tel que moi, toujours à tenter de justifier sa perpétuelle oisiveté, ces dimanches matins d'été dans nos domaines ont toujours eu un charme extraordinaire. Quand le parc verdoyant, encore humide de rosée, resplendit de soleil et respire le bonheur, quand les abords de la maison sentent le réséda et le laurier-rose, quand la jeunesse, tout juste rentrée de l'église, prend le thé au jardin, quand tous sont bien mis et joyeux, et que l'on a la certitude que ces gens pleins de santé, repus, beaux ne feront rien de toute une longue journée, on voudrait que la vie entière soit ainsi. C'est ce que je me disais en parcourant le jardin, prêt à marcher sans rime ni raison, tout le jour, tout l'été.

Jenia arriva, avec un panier ; on eût dit, à son air, qu'elle savait ou pressentait qu'elle me trouverait au jardin. Nous ramassâmes les champignons en devisant, et lorsqu'elle me posait une question, elle s'avançait pour voir mon visage.

— Hier, un miracle s'est produit au village, m'annonça-t-elle. Pelagueïa, la boiteuse, était malade depuis un an, et rien, ni les docteurs ni les remèdes, n'y faisait. Or, hier, une vieille femme est venue lui marmonner Dieu sait quoi, et son mal est passé.

— La belle affaire, répliquai-je. Les miracles n'arrivent pas qu'aux malades et aux vieilles femmes. La santé en elle-même n'est-elle pas un miracle ? Et la vie ? Tout ce qu'on ne comprend pas est miracle.

— Et vous n'avez pas peur de ce que vous ne comprenez pas ?

— Non. J'aborde gaillardement les phénomènes qui me demeurent mystérieux, et refuse de m'y soumettre. Je suis au-dessus. L'homme doit se sentir au-dessus des lions, des tigres, des étoiles, au-dessus de toute la nature, et même au-dessus de tout ce qui est incompréhensible et semble un miracle. Sinon il n'est pas un homme, tout juste une souris qui a peur de tout.

Jenia était persuadée qu'en ma qualité de peintre, je savais bien des choses et que je pouvais à coup sûr deviner ce que j'ignorais. Elle voulait que je la mène dans l'univers de l'éternel et du beau, dans ce monde supérieur où, selon elle, je me sentais comme chez moi ; elle me parlait de Dieu, de la vie éternelle, des miracles. Et moi, refusant d'admettre qu'après ma mort, je disparaîtrais à jamais, avec mon imagination, je répondais : « Oui, l'homme est immortel », « Oui, une vie éternelle nous attend ». Elle écoutait, croyait sans exiger de preuves.

Tandis que nous revenions vers la maison, elle se figea soudain et dit :

— Notre Lida est merveilleuse, n'est-ce pas ? Je l'aime ardemment et pourrais, n'importe quand, lui sacrifier ma vie. Mais, dites-moi (Jenia effleura ma manche du doigt), dites-moi pourquoi vous ne cessez de disputer avec elle ? Pourquoi vous irrite-t-elle ?

— Parce qu'elle a tort.

Jenia secoua la tête et les larmes lui vinrent aux yeux.

— C'est vraiment incompréhensible ! lança-t-elle.

Lida rentrait à l'instant et, debout près du perron, la cravache à la main, svelte, belle, illuminée par le soleil, elle donnait des ordres à un ouvrier. Pressée, parlant d'une voix forte, elle reçut deux ou trois malades, puis, l'air affairé, soucieux, elle fit le tour des pièces, ouvrant une armoire, une autre, et s'en fut dans la mezzanine ; on la chercha longtemps pour le déjeuner et, quand elle se montra, nous avions mangé le potage. Je ne sais pas pourquoi j'ai gardé en mémoire ces menus détails et pourquoi ils me plaisent. J'ai, au demeurant, un souvenir très vif de toute cette journée, bien qu'elle ne fût marquée d'aucun événement particulier. Après le déjeuner, Jenia lut, nichée dans son profond fauteuil, tandis que je retrouvais ma place sur la première marche de la terrasse. Nous ne disions mot. Le ciel se tendit de nuages et une pluie fine, éparse, se mit à tomber. Il faisait chaud, le vent était tombé depuis longtemps et ce jour semblait ne devoir jamais finir. Ekaterina

Pavlovna nous rejoignit sur la terrasse, ensommeillée, un éventail à la main.

— Oh, maman, dit Jenia en lui baisant la main, cela te fait du mal de dormir dans la journée !

Toutes deux s'adoraient. Quand l'une allait au jardin, l'autre se postait aussitôt sur la terrasse et, regardant les arbres, la hélait : « Hou-hou, Jenia ! » ou « Maman chérie, où es-tu ? » Elles priaient toujours ensemble, partageaient la même foi et se comprenaient parfaitement, sans qu'il y fût besoin de mots. Elles avaient également la même attitude envers autrui. Ekaterina Pavlona s'était tout aussi rapidement habituée et attachée à moi, et si je ne me montrais pas de deux ou trois jours, elle envoyait demander si je n'étais pas souffrant. Elle regardait mes études avec le même enthousiasme et, aussi ouvertement que Missiouss, me racontait par le menu les événements et me confiait souvent ses secrets domestiques.

Elle éprouvait pour son aînée de la vénération. Lida ne se montrait jamais tendre, ne parlait que de choses graves ; elle avait sa vie à elle et passait, aux yeux de sa mère comme de sa sœur, pour une sainte créature, un peu énigmatique, à l'instar, pour les matelots, de l'amiral qui ne sort jamais de sa cabine.

— Notre Lida est merveilleuse, n'est-ce pas ? disait souvent sa mère.

Et voici que, tandis qu'il bruinait, nous parlions de Lida.

— Elle est merveilleuse, dit sa mère qui ajouta à mi-voix, sur le ton de la conspiration, en jetant alentour des coups d'œil effrayés : Des comme elle, on n'en trouverait pas, même en plein jour avec une lanterne. Pourtant, savez-vous, je me fais un peu de souci. L'école, la pharmacie, les livres, tout cela est bien beau, mais pourquoi tomber dans l'excès ? Elle a déjà vingt-trois ans révolus, il serait temps qu'elle pense sérieusement à elle.

C'est que, plongée comme elle l'est dans les livres et la pharmacie, sa vie risque de passer sans qu'elle s'en aperçoive... Il lui faut se marier.

Jenia, pâle à force de lire, les cheveux en bataille, leva la tête et dit comme pour elle-même, en regardant sa mère :

— Maman chérie, tout est entre les mains de Dieu !
Et elle se replongea dans sa lecture.

Bielokourov apparut, en poddiovka et chemise brodée. Nous jouâmes au croquet et au *lown-tennis*[1], puis, la nuit tombée, nous soupâmes longuement et Lida parla à nouveau des écoles et de Balaguine qui tenait tout le district. En quittant les Voltchaninov ce soir-là, j'emportai l'impression d'un long, long jour d'oisiveté et la triste conscience que toutes choses en ce monde, si longues fussent-elles, avaient une fin. Jenia nous accompagna jusqu'au portail et, du fait, sans doute, qu'elle avait passé la journée avec moi, depuis le matin jusqu'au soir, je sentis que je m'ennuyais un peu sans elle et que toute cette aimable famille m'était désormais proche ; alors, pour la première fois de l'été, j'eus envie de peindre.

— Dites-moi, pourquoi menez-vous une existence si terne, si ennuyeuse ? demandai-je à Bielokourov, tandis que nous rentrions. Ma vie est morne, pénible, monotone, parce que je suis un artiste, autrement dit un homme étrange, parce que depuis mon plus jeune âge, je suis rongé par l'envie, le mécontentement de moi-même, le doute sur ce que je fais, parce que je suis constamment pauvre, une sorte de vagabond ; mais vous, vous, un homme sain, normal, un propriétaire terrien, un seigneur, pourquoi cette existence dépourvue d'intérêt, pourquoi exigez-vous si peu de la vie ?

---

1. En anglais dans le texte.

Comment expliquer, par exemple, que vous ne soyez pas encore tombé amoureux de Lida ou de Jenia ?

— Vous oubliez que j'en aime une autre, répondit Bielokourov.

Il faisait allusion à son amie, Lioubov Ivanovna, qui vivait avec lui dans le pavillon. Tous les jours, je voyais cette grosse dame bouffie, importante, ressemblant à une oie gavée, se promener dans le jardin, vêtue à la russe, avec des perles et, quel que fût le temps, une ombrelle, que les domestiques ne cessaient d'appeler pour manger ou prendre le thé. Quelque trois ans plus tôt, elle avait loué l'un des pavillons pour les vacances et était, ensuite, restée chez Bielokourov, manifestement pour toujours. Elle avait une dizaine d'années de plus que lui et le menait à la baguette, au point que dès qu'il prétendait s'éloigner de la maison, il devait lui en demander la permission. Elle sanglotait souvent d'une voix masculine et je lui faisais dire, immanquablement, que si elle n'arrêtait pas, je déménageais. Elle cessait aussitôt.

Une fois à la maison, Bielokourov s'assit sur le divan et fronça les sourcils, réfléchissant, tandis que je déambulais dans la pièce, empli d'un doux émoi, à croire que j'étais amoureux. J'avais envie de parler des Voltchaninov.

— Lida ne peut aimer qu'un membre du zemstvo, aussi engoué qu'elle des écoles et des hôpitaux, dis-je. Oh, pour une jeune fille comme elle, on pourrait faire pire, on pourrait aller, comme dans le conte, jusqu'à user une paire de souliers de fer ! Et Missiouss ? Quel enchantement que cette Missiouss !

Longuement, avec force « heu-heu-heu... », Bielokourov évoqua le mal du siècle : le pessimisme. Il parlait avec assurance, sur le même ton que si j'avais disputé avec lui. Des centaines de verstes dans la steppe déserte, monotone, brûlée de soleil, ne sauraient vous accabler autant qu'un homme qui s'incruste chez vous pour parler sans fin, et dont on ignore quand il s'en ira.

— Ce n'est pas une question de pessimisme ou d'optimisme, lançai-je, irrité. Le problème est que quatre-vingt-dix-neuf personnes sur cent n'ont pas de jugeote.

Bielokourov le prit pour lui, se vexa et s'en fut.

III

— Le prince séjourne à Maloziomovo, il te salue, dit Lida à sa mère en rentrant et en retirant ses gants. Il a raconté bien des choses intéressantes... Il a promis de reposer, à l'assemblée de la province, la question d'un dispensaire pour Maloziomovo, mais il prétend qu'il y a peu d'espoir.

Puis, se tournant vers moi, elle ajouta :

— Pardonnez-moi, j'oublie toujours que cela ne peut vous intéresser.

J'en conçus de l'irritation.

— Pourquoi donc ? demandai-je en haussant les épaules. Il ne vous plaît pas de connaître mon opinion, mais je vous assure que cette question m'intéresse vivement.

— Ah oui ?

— Oui. Pour moi, Maloziomovo n'a que faire d'un dispensaire.

Mon irritation la gagna ; elle me regarda, plissant les yeux, et s'enquit :

— Et de quoi y a-t-on besoin ? De paysages ?

— De paysages non plus. On n'y a besoin de rien.

Elle acheva d'ôter ses gants, ouvrit le journal que l'on venait d'apporter de la poste ; un instant plus tard, elle dit doucement, se contenant visiblement :

— La semaine dernière, Anna est morte en couches ; s'il y avait eu un dispensaire à proximité, elle vivrait encore. Messieurs les paysagistes devraient, me semble-t-il, avoir des idées sur ce point.

— J'ai sur ce point des idées bien arrêtées, croyez-m'en, répondis-je, tandis qu'elle se faisait un rempart de son journal, comme si elle ne voulait plus m'écouter. Pour moi, tous ces dispensaires, écoles, bibliothèques et autres pharmacies ne servent, dans les conditions actuelles, qu'à renforcer l'asservissement. Le peuple est prisonnier d'une gigantesque chaîne que vous ne brisez pas, vous contentant d'y ajouter de nouveaux maillons. Voilà mes idées !

Elle leva les yeux sur moi et eut un sourire narquois, tandis que je poursuivais, m'efforçant de dégager l'essentiel de ma pensée :

— L'important, ce n'est pas qu'Anna soit morte en couches, c'est que toutes ces Anna, Mavra, Pelagueïa courbent l'échine de l'aube au couchant, qu'elles soient écrasées sous le poids d'un labeur bien au-dessus de leurs forces, qu'elles passent leur vie à trembler pour leurs enfants affamés et malades, à craindre la mort et les maladies, à se soigner, qu'elles se fanent et vieillissent prématurément pour, finalement, mourir dans la puanteur et dans la crasse ; en grandissant, leurs enfants recommencent la même litanie, et il en est ainsi, des centaines d'années durant, des milliards de personnes vivent plus mal que des bêtes, en proie à une peur constante, rien que pour un quignon de pain. Toute l'horreur de leur situation vient de ce qu'elles n'ont jamais le temps de se soucier de leur âme, jamais le temps de songer qu'elles ont été créées à l'image et à la ressemblance de Dieu ; la faim, le froid, une peur animale, un labeur effrayant leur ont, en avalanche, coupé la voie de la spiritualité, ce qui, précisément, distingue l'homme de l'animal et constitue la seule chose pour laquelle il vaut de vivre. Vous leur venez en aide par vos hôpitaux et vos écoles, mais cela ne les libère pas de leurs liens ; au contraire, vous les asservissez encore, car, en introduisant dans leur existence de nouveaux préjugés, vous augmentez le nombre de leurs besoins, sans compter qu'il leur faut payer au zemstvo les vésicatoires et les livres, ce qui les oblige à courber plus fort l'échine.

— Je refuse de discuter avec vous, répondit Lida, en abaissant son journal. Cela, je l'ai déjà entendu. Je ne vous dirai qu'une chose : il est impossible de demeurer les bras croisés. C'est vrai, nous ne sauvons pas l'humanité et commettons peut-être beaucoup d'erreurs, mais nous faisons ce que nous pouvons et nous avons raison. La tâche la plus élevée, la mission sacrée de tout être cultivé est de servir son prochain, et nous nous efforçons de l'accomplir dans la mesure de nos forces. Cela ne vous plaît pas, mais on ne peut contenter tout le monde.

— C'est juste, Lida, c'est juste, intervint sa mère.

La présence de Lida l'intimidait toujours et, en parlant, elle ne cessait de jeter des coups d'œil inquiets dans sa direction, craignant de dire un mot de trop ou une parole déplacée ; jamais elle ne la contredisait, elle l'approuvait en tout : c'est juste, Lida, c'est juste.

— Apprendre aux paysans à lire et à écrire, leur procurer des livres pleins de pitoyables leçons de morale et d'indigents adages, ne peut, de même que tous vos dispensaires, réduire ni l'ignorance ni la mortalité, pas plus que la lumière qui passe par vos fenêtres ne peut éclairer votre immense parc, repris-je. Vous ne donnez rien, vous ne faites, en vous immisçant dans la vie de ces gens, que leur créer de nouveaux besoins, leur fournir de nouveaux prétextes au labeur.

— Ah, mon Dieu, mais il faut bien faire quelque chose ! répliqua Lida avec dépit, et l'on comprenait à son ton qu'elle tenait mes raisonnements pour nuls et non avenus, qu'elle les méprisait.

— Il faut affranchir les hommes de la peine physique, dis-je. Il faut alléger leur joug, leur accorder un répit, afin qu'ils ne passent pas leur vie entière près de leurs poêles, leurs gamelles et aux champs, qu'ils aient aussi le temps de songer à leur âme, à Dieu, qu'ils puissent manifester plus largement leurs qualités spirituelles. La vocation de tout homme est l'activité spirituelle, la quête incessante de la vérité et du sens de la vie. Rendez-leur inutile ce labeur bestial, grossier, faites qu'ils se sentent libres, et vous verrez combien dérisoires sont, en réalité, vos livres et vos pharmacies. Quand l'homme prend conscience de sa vocation véritable, seuls la religion, les sciences et les arts, non ces balivernes, sont capables de le combler.

— L'affranchir du labeur ! s'esclaffa Lida. Comme si c'était possible !

— Oui. Assumez donc une part de leur travail ! Si nous acceptions tous, citadins et villageois, sans exception, de répartir entre nous l'effort nécessaire à la satisfaction des besoins physiques de l'humanité, chacun de nous aurait peut-être à travailler deux ou trois heures par jour au maximum. Imaginez que nous tous, riches et pauvres, ne travaillions que trois heures par jour, et que le reste du temps soit libre. Imaginez encore que, pour moins dépendre de notre corps et moins travailler, nous inventions des machines capables de se substituer au labeur humain et que nous nous efforcions de réduire nos besoins au strict minimum. Nous en serions plus aguerris, ainsi que nos enfants, qui ne craindraient plus la faim ni le froid, et nous ne tremblerions plus perpétuellement pour leur santé, comme Anna, Mavra, Pelagueïa. Imaginez que nous ne soignions pas, que nous ne tenions plus de pharmacies, de manufactures de tabac, de distilleries. Que de temps libre nous aurions, au bout du compte ! Tous ensemble, nous consacrerions ces loisirs aux sciences et aux arts. De même que la communauté paysanne travaille parfois, tout entière, à réparer les routes, de même, tous ensemble, toute la communauté, nous chercherions la vérité et le sens de la vie. Très vite, j'en suis sûr, nous trouverions la vérité, l'homme serait délivré de sa peur perpétuelle, douloureuse, oppressante de la mort, voire de la mort elle-même.

— Vous vous contredisez, répliqua Lida. Vous n'avez que la science à la bouche, mais vous niez l'instruction.

— Une instruction qui permet simplement à l'homme de lire les enseignes d'estaminets et, rarement, des livres qu'il ne comprend pas... Cette instruction-là existe chez nous depuis le temps de Rurik[1]. Le Petrouchka[2] de Gogol sait lire depuis belle lurette, ce qui n'empêche pas que la campagne est restée la même qu'à l'époque de Rurik. Ce n'est pas l'instruction qu'il faut, mais la liberté de manifester largement ses qualités spirituelles. Ce ne sont pas des écoles qu'il faut, mais des universités.

— Vous niez aussi la médecine.

— Oui. Elle ne devrait exister que pour étudier les maladies en tant que phénomènes naturels, pas pour les traiter. Et s'il faut soigner quelque chose, ce ne sont pas les maux mais leurs causes. Supprimez la principale d'entre elles, le travail physique, et il n'y aura plus de maladies. Je ne reconnais pas la science qui soigne, poursuivis-je avec fougue. Les sciences et les arts, lorsqu'ils sont authentiques, n'ont pas de visées temporaires, partielles, ils n'aspirent qu'à l'éternel, au général, ils recherchent la vérité et le sens de la vie, ils sont en quête de Dieu, de l'âme, et si on les cantonne aux besoins et aux problèmes du moment, aux pharmacies et aux bibliothèques, ils ne font que compliquer, embarrasser l'existence. Nous ne manquons pas de médecins,

---

1. Prince varègue, fondateur de la première dynastie russe.
2. Personnage de domestique dans *Les Âmes mortes* de Gogol.

de pharmaciens, de juristes, nous ne manquons pas d'instruits, mais nous n'avons pas de biologistes, de mathématiciens, de philosophes, de poètes. Toute l'intelligence, toute l'énergie de l'âme ont été employées à satisfaire des besoins temporaires, passagers... Savants, écrivains, artistes débordent d'activité, grâce à eux les commodités de la vie augmentent chaque jour, les besoins du corps se multiplient, cependant on est loin encore de la vérité et l'homme demeure l'animal le plus rapace et le plus vil. Tout tend à ce que l'humanité dégénère dans sa grande majorité et perde à jamais ses facultés vitales. Dans ces conditions, la vie d'un peintre n'a pas de sens et, plus il a de talent, plus étrange et incompréhensible est son rôle, car il apparaît finalement qu'il œuvre pour l'amusement d'un animal rapace et vil, en soutenant l'ordre existant. Je ne veux donc pas travailler et ne le ferai pas... Il ne faut rien, et tant pis si la terre sombre dans les enfers !

— Sors, Missiouska, enjoignit Lida à sa sœur, jugeant manifestement mes propos pernicieux pour une aussi jeune fille.

Jenia la regarda tristement, ainsi que sa mère, et obtempéra.

— On tient d'ordinaire ce charmant discours, lorsqu'on veut justifier son indifférence, riposta Lida. Il est plus facile de rejeter écoles et hôpitaux que d'enseigner et de soigner.

— C'est juste, Lida, c'est juste, approuva sa mère.

— Vous menacez de ne pas travailler, poursuivit Lida. Visiblement, vos prisez fort votre ouvrage. Brisons là, nous ne nous accorderons jamais, car je place plus haut la plus imparfaite des bibliothèques et des pharmacies, dont vous venez de parler avec tant de mépris, que tous vos paysages au monde.

Aussitôt, s'adressant à sa mère, elle dit sur un tout autre ton :

— Le prince a beaucoup maigri et bien changé depuis la dernière fois qu'il était chez nous. On l'envoie à Vichy.

Elle parlait du prince à sa mère pour ne pas converser avec moi. Elle avait le visage en feu et, afin de masquer son trouble, elle se pencha au-dessus de la table, comme si elle était myope, et feignit de lire le journal. Ma présence devenait gênante. Je saluai et m'en fus.

IV

Le calme régnait au-dehors ; de l'autre côté de l'étang, le village dormait déjà et l'on ne voyait pas la moindre lueur ; seul scintillait à la surface de l'eau le pâle reflet des étoiles. Jenia était postée près du portail aux lions, elle me guettait pour me raccompagner.

— Tout le monde dort au village, lui dis-je, m'efforçant de distinguer ses traits dans l'obscurité et apercevant ses yeux sombres et tristes, braqués sur moi. L'aubergiste, les voleurs de chevaux, tous dorment paisiblement, tandis que nous autres, honnêtes gens, disputons et nous mettons en colère.

C'était une mélancolique nuit d'août, mélancolique parce qu'on sentait déjà la venue de l'automne ; voilée d'un nuage pourpre, la lune se levait, éclairant à peine la route et, de part et d'autre, les champs sombres où poussait le blé d'hiver. Les étoiles filantes étaient nombreuses. Jenia marchait à mes côtés, évitant de regarder le ciel pour ne pas voir les étoiles filantes qui, Dieu sait pourquoi, l'effrayaient.

— Je crois que vous avez raison, dit-elle, frissonnant dans l'humidité nocturne. Si les hommes pouvaient, tous ensemble, s'adonner à la spiritualité, le monde n'aurait bientôt plus de secrets pour eux.

— Bien sûr. Nous sommes des êtres supérieurs et, si

nous prenions vraiment conscience du génie humain, si nous ne vivions que pour des buts élevés, au bout du compte nous deviendrions des dieux. Mais cela n'arrivera jamais : l'homme dégénérera et il ne restera pas trace de son génie.

— Bonne nuit, dit-elle en tremblant ; ses épaules n'étaient recouvertes que d'un mince chemisier et elle se recroquevillait de froid : Venez demain.

La terreur me saisit à l'idée que j'allais demeurer seul, irrité, mécontent de moi-même et des autres ; déjà, je m'efforçais, moi aussi, de ne plus voir les étoiles filantes.

— Restez encore un instant avec moi, dis-je. Je vous en prie.

J'aimais Jenia. Je l'aimais sans doute parce qu'elle m'accueillait et me raccompagnait, parce qu'elle me regardait tendrement, avec admiration. Quelle touchante beauté dans son visage pâle, son cou délicat, ses bras menus, dans sa faiblesse, son oisiveté, ses livres ! Et son esprit ? Je soupçonnais en elle une intelligence peu ordinaire, sa largeur de vue m'enchantait, peut-être parce qu'elle pensait autrement que la sévère et belle Lida qui ne m'aimait pas. Je plaisais à Jenia en tant que peintre, j'avais conquis son cœur par mon talent et je nourrissais le désir passionné de ne peindre que pour elle, je rêvais d'elle comme d'une petite reine qui, avec moi, régnerait sur ces arbres, ces champs, cette brume, ces aubes, toute cette nature merveilleuse, enchanteresse, au milieu de laquelle je me sentais pourtant, jusqu'à présent, désespérément seul et inutile.

— Restez encore un instant, la priai-je. Je vous en supplie.

J'enlevai mon manteau et en couvris ses épaules frissonnantes. Craignant de paraître ridicule et laide en manteau d'homme, elle rit et le rejeta ; c'est alors que je la saisis dans mes bras et couvris son visage, ses épaules, ses mains de baisers.

— À demain ! murmura-t-elle et, délicatement, comme si elle avait peur de rompre le silence nocturne, elle m'étreignit. Nous n'avons pas de secrets entre nous, je dois à présent tout raconter à maman et à ma sœur... C'est terrible ! Maman encore, ce n'est rien, elle vous aime, mais Lida !

Et elle courut vers le portail.

— Adieu ! cria-t-elle.

Une minute ou deux, je l'entendis courir. Je n'avais pas envie de rentrer chez moi et n'avais d'ailleurs aucune raison de le faire. Je demeurai un instant perdu dans mes pensées, puis revins doucement sur mes pas pour revoir, une fois encore, la maison où elle vivait, cette charmante et naïve vieille maison qui semblait me contempler par les fenêtres de sa mezzanine, pareilles à des yeux, et tout comprendre. Je longeai la terrasse, m'assis sur un banc près du terrain de *lown-tennis*[1], dans l'obscurité d'un vieil orme et, de là, observai la maison. Une lumière vive brilla aux fenêtres de la mezzanine, qu'occupait Missiouss, suivie d'une paisible lueur verte : on avait mis l'abat-jour sur la lampe. Des ombres bougèrent... Je me sentais empli de tendresse, de paix et de contentement de moi, j'étais heureux d'avoir su m'enflammer et aimer, tout en éprouvant de la gêne à l'idée qu'à quelques pas de moi, dans une des pièces de cette maison, vivait aussi Lida qui ne m'aimait pas et, peut-être, me haïssait. Je restais dans l'espoir que Jenia ressorte, je tendais l'oreille et j'avais l'impression d'entendre des voix dans la mezzanine.

Il s'écoula presque une heure. La lueur verte s'éteignit, les ombres disparurent. La lune était haute, à pré-

---

1. En anglais dans le texte.

sent, au-dessus du toit, elle éclairait le jardin endormi, les allées ; les dahlias et les roses du parterre, devant la maison, se voyaient distinctement et semblaient de même couleur. Il commençait à faire très froid. Je quittai le jardin, ramassai mon manteau sur la route et, sans hâte, rentrai chez moi.

Lorsque, le lendemain après-midi, j'arrivai chez les Voltchaninov, la porte vitrée donnant sur le jardin était grande ouverte. Je demeurai un peu sur la terrasse, m'attendant, d'un instant à l'autre, à voir surgir Jenia derrière le parterre ou dans une des allées, à entendre sa voix dans une des pièces. Puis, je traversai le salon, la salle à manger. Il n'y avait pas âme qui vive. De la salle à manger, je pris un long couloir jusqu'au vestibule et revins sur mes pas. Plusieurs portes donnaient sur le couloir et, derrière l'une d'elles, résonnait la voix de Lida :

— Le Bon Dieu... envoya au corbeau... disait-elle lentement, d'une voix forte, comme si elle dictait : Le Bon Dieu envoya au corbeau... un fromage... Qui est là ? demanda-t-elle soudain, en entendant mes pas.

— C'est moi.

— Ah ! Pardonnez-moi de ne pouvoir vous recevoir en ce moment, je fais travailler Dacha.

— Ekaterina Pavlovna est au jardin ?

— Non, ma sœur et elle sont parties ce matin chez ma tante, dans la province de Penza. Et elles passeront sans doute l'hiver à l'étranger... ajouta-t-elle après un instant de silence. Le Bon Dieu-eu... envoya au corbeau un fro-omage... ça y est ?

Je passai dans le vestibule et, la tête vide, y demeurai figé, contemplant l'étang et le village, tandis que me parvenait :

— Un fromage... Le Bon Dieu envoya au corbeau un fromage...

Je quittai le domaine par le même chemin qui m'y

avait mené la première fois, mais en sens inverse : je passai d'abord de la cour au jardin, puis longeai la maison et empruntai l'allée de tilleuls... Là, un gamin me rattrapa et me remit un billet. « J'ai tout raconté à ma sœur et elle exige que je me sépare de vous, lus-je. Je n'aurais pas la force de la peiner par ma désobéissance. Dieu vous accorde le bonheur, pardonnez-moi. Si vous saviez quelles larmes amères nous versons, maman et moi ! »

Puis ce fut la sombre allée de sapins, la haie à moitié effondrée... Dans le champ où, naguère, fleurissait le seigle et criaient les cailles, déambulaient à présent des vaches et des chevaux entravés. Çà et là, sur les collines, se détachait le vert éclatant des blés d'hiver. Ma lucidité coutumière me revint et j'eus honte, soudain, de tout ce que j'avais dit chez les Voltchaninov. De nouveau, la vie m'ennuya. Rentré chez moi, je fis mes malles et, le soir même, partis pour Saint-Pétersbourg.

Je ne devais plus revoir les Voltchaninov. Me rendant, il y a peu, en Crimée, je tombai dans le train sur Bielokourov. Il portait ses éternelles poddiovka et chemise brodée. Quand je m'enquis de sa santé, il répondit : « À la grâce de Dieu. » Nous devisâmes. Il avait vendu son domaine et en avait acheté un autre, plus petit, au nom de Lioubov Ivanovna. Il ne me dit pas grand-chose des Voltchaninov. Lida, à l'en croire, était toujours à Chelkovka, où elle faisait la classe ; elle était peu à peu parvenue à réunir autour d'elle un cercle de sympathisants qui avaient constitué un parti puissant et, aux dernières élections du zemstvo, « battu » Balaguine, lequel tenait jusqu'alors tout le district. De Jenia, Bielokourov m'apprit seulement qu'elle ne vivait pas au domaine et qu'il ignorait où elle se trouvait.

Je commence à oublier la maison de la mezzanine et ce n'est que de temps en temps, quand je peins ou quand je lis, que me reviennent, sans motif, tantôt la lueur verte à la fenêtre, tantôt le son de mes pas, la nuit, dans la campagne, lorsque, amoureux, je rentrais chez moi, frottant mes mains glacées pour les réchauffer. Plus rarement encore, aux instants de solitude et de tristesse, je retrouve des souvenirs confus et, peu à peu, il me semble qu'on ne m'a pas oublié non plus, qu'on m'attend et que nous nous reverrons...

Missiouss, où es-tu ?

Table

Histoire de rire	5
Le roman d'une contrebasse	11
Miroir déformant	19
Ah, les usagers !	23
Fragments du journal d'un irascible	29
Les nerfs	43
Polinka	49
Un drame	57
La maison de la mezzanine	65

CATALOGUE LIBRIO (extraits)
LITTÉRATURE

Anonyme
Tristan et Iseut - n° 357
Roman de Renart - n° 576
Amour, désir, jalousie - *600 citations littéraires et amoureuses* - n° 617
Boyer d'Argens
Thérèse philosophe - n° 422
Richard Bach
Jonathan Livingston le goéland - n° 2
Le messie récalcitrant (Illusions) - n° 315
Honoré de Balzac
Le colonel Chabert - n° 28
Ferragus, chef des Dévorants - n° 226
La vendetta *suivi de* La Bourse - n° 302
Vincent Banville
Ballade irlandaise - n° 447
Jules Barbey d'Aurevilly
Le bonheur dans le crime *suivi de* La vengeance d'une femme - n° 196
Nina Berberova
L'accompagnatrice - n° 198
Cyrano de Bergerac
Lettres d'amour et d'humeur - n° 630
Bernardin de Saint-Pierre
Paul et Virginie - n° 65
Patrick Besson
Lettre à un ami perdu - n° 218
28, boulevard Aristide-Briand *suivi de* Vacances en Botnie - n° 605
Dermot Bolger
Un Irlandais en Allemagne - n° 435
Andrée Chedid
Le sixième jour - n° 47
L'enfant multiple - n° 107
L'autre - n° 203
L'artiste *et autres nouvelles* - n° 281
La maison sans racines - n° 350
John Cleland
Fanny Hill, la fille de joie - n° 423
Colette
Le blé en herbe - n° 7
Benjamin Constant
Adolphe - n° 489
Alphonse Daudet
Lettres de mon moulin - n° 12
Tartarin de Tarascon - n° 164

Philippe Delerm
L'envol *suivi de* Panier de fruits - n° 280
Virginie Despentes
Mordre au travers - n° 308
(pour lecteurs avertis)
André Dhôtel
Le pays où l'on n'arrive jamais - n° 276
Denis Diderot
Le neveu de Rameau - n° 61
La religieuse - n° 311
Fiodor Dostoïevski
L'éternel mari - n° 112
Le joueur - n° 155
Alexandre Dumas
La femme au collier de velours - n° 58
Jean-Henri Fabre
Histoires d'insectes - n° 465
Francis Scott Fitzgerald
Le pirate de haute mer *et autres nouvelles* - n° 636
Gustave Flaubert
Trois contes - n° 45
Passion et vertu *et autres textes de jeunesse* - n° 556
Cyrille Fleidchman
Retour au métro Saint-Paul - n° 482
Nicolas Gogol
Le journal d'un fou *suivi de* Le portrait *et de* La perspective Nevsky - n° 120
Grimm
Blanche-Neige *et autres contes* - n° 248
Éric Holder
On dirait une actrice *et autres nouvelles* - n° 183
Homère
L'Odyssée *(extraits)* - n° 300
L'Iliade *(extraits)* - n° 587
Michel Houellebecq
Rester vivant *et autres textes* - n° 274
Lanzarote *et autres textes* - n° 519
(pour lecteurs avertis)
Victor Hugo
Le dernier jour d'un condamné - n° 70
La légende des siècles *(morceaux choisis)* - n° 341
Andrea H. Japp
La dormeuse en rouge - n° 550

Franz Kafka
La métamorphose *suivi de* Dans la colonie pénitentiaire - n°3
Madame de La Fayette
La princesse de Clèves - n°57
Jean de La Fontaine
Contes libertins - n°622
Jack London
Croc-Blanc - n°347
Nicolas Machiavel
Le Prince - n°163
Guy de Maupassant
Boule de Suif *et autres nouvelles* - n°27
Une partie de campagne *et autres nouvelles* - n°29
Une vie - n°109
Pierre et Jean - n°151
La Petite Roque *et autres contes noirs* - n°217
Le Dr Héraclius Gloss *et autres histoires de fous* - n°282
Miss Harriet *et autres nouvelles* - n°318
Prosper Mérimée
Carmen *suivi de* Les âmes du purgatoire - n°13
Mateo Falcone *et autres nouvelles* - n°98
Colomba - n°167
Alberto Moravia
Le mépris - n°87
Histoires d'amour - n°471
Andréa de Nerciat
Le doctorat impromptu - n°424
Sheila O'Flanagan
Histoire de Maggie - n°441
Charles Perrault
Contes de ma mère l'Oye - n°32
Alexandre Pouchkine
La fille du capitaine - n°24
La dame de pique *suivi de* Doubrovsky - n°74
Abbé du Prat
Vénus dans le cloître - n°421
Abbé Antoine-François Prévost
Manon Lescaut - n°94
Marcel Proust
Sur la lecture - n°375
Un amour de Swann - n°430
La confession d'une jeune fille - n°542
Deirdre Purcell
Jésus et Billy s'en vont à Barcelone - n°463

Raymond Radiguet
Le diable au corps - n°8
Vincent Ravalec
Les clés du bonheur, Du pain pour les pauvres *et autres nouvelles* - n°111
Joséphine et les gitans *et autres nouvelles* - n°242
Pour une nouvelle sorcellerie artistique - n°502
Jules Renard
Poil de Carotte - n°25
Orlando de Rudder
Bréviaire de la gueule de bois - n°232
George Sand
La mare au diable - n°78
Patricia Scanlan
Mauvaises ondes - n°457
Ann Scott
Poussières d'anges - n°524
Comtesse de Ségur
Les malheurs de Sophie - n°410
Madame de Sévigné
Ma chère bonne... *(lettres choisies)* - n°401
Stendhal
Le coffre et le revenant *et autres histoires d'amour* - n°221
Anton Tchekhov
La dame au petit chien *suivi de* Récit d'un inconnu - n°142
La cigale *et autres nouvelles* - n°520
Léon Tolstoï
La mort d'Ivan Ilitch - n°287
Enfance - n°628
Ivan Tourgueniev
Premier amour - n°17
Les eaux printanières - n°371
Henri Troyat
La neige en deuil - n°6
Viou - n°284
Fred Vargas
Petit traité de toutes vérités sur l'existence - n°586
Villiers de l'Isle-Adam
Contes au fer rouge - n°597
Voltaire
Candide - n°31
Zadig ou la Destinée *suivi de* Micromégas - n°77

L'ingénu *suivi de* L'homme aux quarante écus - n°180
La princesse de Babylone - n°356
Émile Zola
La mort d'Olivier Bécaille et autres nouvelles - n°42
Naïs Micoulin *suivi de* Pour une nuit d'amour - n°127
L'attaque du moulin *suivi de* Jacques Damour - n°182

ANTHOLOGIES
Amour, désir, jalousie
600 citations littéraires et amoureuses - n°617
Les cent ans de Dracula
8 histoires de vampires de Goethe à Lovecraft, présentées par Barbara Sadoul - n°160
Contes fantastiques de Noël
Anthologie présentée par Xavier Legrand-Ferronnière - n°197
Corse noire
10 nouvelles de Mérimée à Mondoloni, présentées par Roger Martin - n°444
La dimension fantastique – 1
13 nouvelles fantastiques de Hoffmann à Seignolle, présentées par Barbara Sadoul - n°150
La dimension fantastique – 2
6 nouvelles fantastiques de Balzac à Sturgeon, présentées par Barbara Sadoul - n°234
La dimension fantastique – 3
10 nouvelles fantastiques de Flaubert à Jodorowsky, présentées par Barbara Sadoul - n°271
La dimension policière
9 nouvelles de Hérodote à Vautrin, présentées par Roger Martin - n°349
Les Droits de l'Homme
Textes et documents présentés par Jean-Jacques Gandini - n°250
L'école de Chateaubriand à Proust
Présentée par Jérôme Leroy - n°380
Fées, sorcières et diablesses
13 textes de Homère à Andersen, anthologie présentée par Barbara Sadoul - n°544
Gare au garou !
8 histoires de loups-garous, présentées par Barbara Sadoul - n°372
Le haschich
De Rabelais à Jarry, 7 écrivains parlent du haschich - n°582
Inventons la paix
8 écrivains racontent… - n°338
J'accuse ! de Zola et autres documents présentés par Philippe Oriol - n°201
J'ai vu passer dans mon rêve
Anthologie de la poésie française, présentée par Sébastien Lapaque - n°530
Je vous aime
Anthologie des plus belles histoires d'amour, présentée par Irène Frain - n°374
Les Lolitas
Anthologie présentée par Humbert K. - n°431
Lettres à la jeunesse
10 poètes parlent de l'espoir, en coédition avec le Printemps des Poètes - n°571
Malheur aux riches !
Anthologie présentée par Sébastien Lapaque - n°504
Mondes blancs
Festival Étonnants Voyageurs 2001 - n°474
Montaigne
Anthologie présentée par Gaël Gauvin - n°523
Musiques !
Revues littéraires, présentées par Gulliver - n°269
Plages
Anthologie présentée par Humbert K. - n°475
La poésie des romantiques
Anthologie présentée par Bernard Vargaftig - n°262
Rabelais
Anthologie présentée par Sébastien Lapaque - n°483
Les sept péchés capitaux
Anthologies présentées par Sébastien Lapaque
Orgueil - n°414
Envie - n°415
Avarice - n°416
Paresse - n°417
Colère - n°418

Librio

698

Composition PCA – 44400 Rezé
Achevé d'imprimer en Allemagne (Pössneck) par GGP
en mai 2004 pour le compte de E.J.L.
84, rue de Grenelle, 75007 Paris
Dépôt légal mai 2004

Diffusion France et étranger : Flammarion

Luxure - n°419
Gourmandise - n°420
**Si la philosophie m'était contée
de Platon à Gilles Deleuze**
Anthologie présentée par Guillaume
Pigeard de Gurbert - n°403
Sortons couverts!
8 écrivains racontent le préservatif
Anthologie présentée par Gulliver - n°290
Un bouquet de fantômes
Anthologie présentée par Barbara Sadoul -
n° 362
**Une autre histoire de la littérature
française**
Anthologies présentées par Jean
d'Ormesson
Le Moyen Âge et le XVIe siècle - n°387
Le théâtre classique - n°388
Les écrivains du grand siècle - n°407

Les Lumières - n°408
Le romantisme - n°439
Le roman au XIXe siècle - n°440
La poésie au XIXe siècle - n°453
La poésie à l'aube du XXe siècle - n°454
Le roman au XXe siècle : Gide, Proust,
Céline, Giono - n°459
Écrivains et romanciers du XXe siècle -
n°460
Une histoire de la science-fiction
Anthologie présentée par Jacques Sadoul
1901-1937 : Les premiers maîtres - n°345
1938-1957 : L'âge d'or - n°368
1958-1981 : L'expansion - n°404
1982-2000 : Le renouveau - n°437
Une journée d'été
Des écrivains contemporains racontent...
Anthologie présentée par Gulliver - n°374

THÉÂTRE

Anonyme
La farce de maître Pathelin *suivi de*
La farce du cuvier - n° 580
Beaumarchais
Le barbier de Séville - n°139
Le mariage de Figaro - n°464
Jean Cocteau
Orphée - n°75
Pierre Corneille
Le Cid - n°21
L'illusion comique - n°570
Euripide
Médée - n°527
Victor Hugo
Lucrèce Borgia - n°204
Alfred Jarry
Ubu roi - n°377
Eugène Labiche
Le voyage de Monsieur Perrichon - n°270
Marivaux
La dispute *suivi de* L'île des esclaves
- n°477
Le jeu de l'amour et du hasard - n°604
Molière
Dom Juan ou le Festin de pierre - n°14
Les fourberies de Scapin - n°181

Le bourgeois gentilhomme - n°235
L'école des femmes - n°277
L'avare - n°339
Le tartuffe - n°476
Le malade imaginaire - n°536
Les femmes savantes - n°585
Le médecin malgré lui - n°598
Alfred de Musset
Les caprices de Marianne *suivi de* On ne
badine pas avec l'amour - n°39
À quoi rêvent les jeunes filles - n° 621
Jean Racine
Phèdre - n°301
Britannicus - n°390
Andromaque - n°469
Edmond Rostand
Cyrano de Bergerac - n°116
William Shakespeare
Roméo et Juliette - n°9
Hamlet - n°54
Othello - n°108
Macbeth - n°178
Le roi Lear - n°351
Richard III - n°478
Sophocle
Œdipe roi - n°30